Zwijgen

Roger Vanhoeck

Zwijgen

Vanaf 14 jaar

Eerste druk: Januari 2009

Cover
Marie Hochhaus

Vormgeving
Klaas demeulemeester

D/2009/6699/11
ISBN: 9789059325043
NUR: 284

Abimo Uitgeverij
Europark Zuid 9,
9100 Sint-Niklaas
T. +32 (0)3/ 760 31 00
F. + 32 (0)3/760 31 09
E. info@abimo.net
W. www.abimo.net

ZWIJGEN

Roger Vanhoeck

"Dit boek windt er geen doekjes om. Het duwt ons met de neus op verschrikkelijke feiten die zich afspelen achter soms mooie gevels. Toch zit er ook veel warmte en liefde in het boek. Het is dan ook een aanrader voor iedereen: lezers, hulpverleners, slachtoffers."

Francesca Vanthielen,
meter van de vzw Childcry.

VOORWOORD CHILDCRY

'Zwijgen' laat zich lezen als een trein.

In een boeiende stijl is het verhaal in het begin gehuld in een mysterieuze donkere sfeer. Gaandeweg wordt alles helder.

De schrijver heeft een sterke voeling met slachtoffers van misbruik en geweld. Tal van uitspraken zijn daar een goed voorbeeld van: *"Mijn ogen speuren naar lotgenoten. Ik probeer hen te ontdekken achter uitgestreken gezichten. Het lukt me niet en dat maakt me opstandig."* Of *"Verkeersborden geven de juiste richting aan of verbieden de toegang. Auto's kan men in een richting dwingen, maar gedachten niet. Die laten zich niet tegenhouden"*.

Ik heb zelf al duizenden persoonlijke verhalen van lotgenoten gelezen. Dit boek kan voor heel wat lezers een duidelijk beeld scheppen over de verwarde wereld van een slachtoffer.

Voor diegenen die zelf ooit slachtoffer zijn geweest (of het nog zijn) kan de herkenning van de gevoelens en gedachten van Elien de bevestiging zijn dat zij er niet alleen voor staan. Dat geeft hoop om door te zetten.

Voor anderen kan 'Zwijgen' op een boeiende en zeer realistische wijze inzicht geven over het geheime leven van een slachtoffer van seksueel misbruik. Het lezen van dit boek kan erg nuttig zijn om hen te leren begrijpen. Want begrijpen, signalen zien, leren omgaan met hen en hen een luisterend oor bieden, kan een stap zijn in de richting van hulp.

Het boek is een aanrader voor zowel slachtoffers als hulpverleners.

William Cami,
voorzitter vzw Childcry

Na enkele bladzijden had ik door dat dit boek anders was dan de vele boeken die ik over dit onderwerp al had gelezen. 'Zwijgen' las als een spannende roman met wat duistere kantjes. Maar, gaandeweg werden bepaalde zaken steeds duidelijker. De spanning werd aangehouden ook al kwam er soms klaarheid in het verhaal. Het boek joeg me als het ware zelf vooruit, ik wilde weten waar het eindigde. Voor mij is dat altijd een teken van een goed boek.
Ik kwam mezelf ook vaak tegen. Heel veel zaken waren zo herkenbaar. Dat zal voor andere slachtoffers van incest niet anders zijn. Toen ik las "van papa mocht ik niets zeggen, het was ons geheim" werd ik even emotioneel. Dit herkende ik. De schrijver geeft een zeer duidelijk beeld weer van de soms verwarde gedachtegang van Elien. Hij heeft niet alleen een zeer getalenteerde pen, hij moet ook een hoge dosis psychologisch inzicht bezitten. Dit is een boek dat ik persoonlijk kan aanprijzen aan iedereen. Aan hen die zelf iets hebben meegemaakt, maar ook aan anderen die op die wijze meer inzicht zullen krijgen en de slachtoffers beter zullen kunnen begrijpen.

Patricia Wimme,
ondervoorzitter vzw Childcry

één

'Goedemorgen', kakelt de serveerster. 'Koffie?
'Ja, graag', zeg ik, hoewel ik koffie helemaal niet lekker vind.
Ik zoek een rustig plekje vanwaar ik zowel het station als de ingang van het café in één blik kan overzien. Een eenzaam tafeltje, naast de deur van het toilet, met slechts één stoel als stille metgezel lijkt daar speciaal voor mij te zijn neergezet. Tegen de muur hangt een tweetalig bordje:

NOODUITGANG – SORTIE DE SECOURS.

De gedachte dat ik, als het nodig is, zo weer buiten sta, stelt me enigszins gerust. De nare beklemming in mijn borst vervlakt en de druk in mijn slapen verzacht tot een vaag ongenoegen.
'Alsjeblieft.'

De serveerster plant het kopje met een plof voor mijn neus op de tafel. Haar goedkope parfum maakt me misselijk.
'Voel je je niet goed?'
Ik erger me aan haar vraag en zwijg. Waar bemoeit ze zich mee? Ik heb genoeg aan mijn eigen gedachten.
'Al zo vroeg op stap? Ga je op reis?'
Ik blijf zwijgen.
De vrouw haalt snuivend haar neus op en steekt het geld in de wijde zak van haar hagelwitte schortje. Daarna gaat ze met slome bewegingen naast de tap op een barkruk zitten. Ze slaat één been over het andere en haar smalle rok schuift tot ver over het midden van haar dijen.
Ik schat haar vijftig. Ze is nog erg slank. Op haar gezicht geen spoor van vermoeidheid. Haar ogen verraden alleen verveling. Zou ze kinderen hebben? Een dochter misschien, van mijn leeftijd?
Ik voel me toch een beetje schuldig. Die vrouw is beleefd en vriendelijk, ze biedt mij een schuilplaats en ik voel me te goed voor een praatje dat haar lange uren iets korter laat lijken. Ach, wat maakt het uit, ik betaal toch. Zo veel geld voor een kop gekleurd water, teveel voor een bakje troost dat me helemaal niet opvrolijkt. De koffie wordt trouwens langzaam koud en koude koffie smaakt nog bitterder.
'Koude koffie is goed tegen de dorst', beweerde papa. Maar ik heb helemaal geen dorst.
Ik denk aan mama. Ze is ongeveer even oud als de serveerster. Vorig jaar hebben Krisje en ik voor haar verjaardag een groot laken beschilderd. *Mama heeft Sarah gezien.*

Vijftig jaar. Proficiat. En onderaan twee hartjes. Krisje wilde er nog een derde hartje bij. 'Het hartje van papa', zei ze, maar dat heb ik heel beslist geweigerd.
Met twee spijkers en een lange waslijn hebben we het doek tussen twee berken in de voortuin gehangen. Mama kon er niet om lachen.
'Jullie zetten mij voor aap', foeterde ze. 'Nu weet de hele buurt dat ik oud word.'
Ze zeurde verder over het laken dat onbruikbaar was geworden en over de gemorste verf op de stoep. Woedend heb ik het laken in stukken gescheurd en in een vuilniszak gestopt. Daarna ben ik op mijn fiets gesprongen om een paar splinternieuwe lakens te gaan kopen. Dat vond mama dan weer geldverspilling.
'Waar haal je dat geld vandaan?' vroeg ze achterdochtig.
'Gespaard', antwoordde ik naar waarheid.
Aan geld had ik inderdaad geen gebrek. Papa was erg gul. Als ik mijn mond maar hield.
Voor haar ziekte was mama nog slanker dan de serveerster. Nu draagt ze wijde rokken en bloezen die als een vlag rond haar boezem wapperen.
'Ik ben veel te dik', klaagt ze voortdurend. 'Dat komt door die pillen.'

Door het raam, tussen de zwaardvormige bladeren van de sanseveria's door, heb ik een perfect uitzicht op het station. Het is geen mooi gebouw, veel te pompeus. En waarom? Stenen zijn toch niet belangrijk? Treinen en mensen wel...

Boven de monumentale ingang herinnert een enorme klok de reizigers aan de juiste tijd. Toch nog één nuttig element! Kwart voor vier.
Mijn trein gaat om zeven over vijf. Tijd zat, en dat beangstigt me. Hoe vlugger ik uit de stad ben, hoe beter. Als mama wakker wordt, loopt ze meestal slaapdronken de trap af om een nieuwe slaappil in te nemen en kruipt dan verdwaasd weer in bed. Heel soms kijkt ze in mijn slaapkamer, knipt het licht aan en uit en gaat weer weg. Als ze ontdekt dat ik er niet ben, zal ze eerst sprakeloos staan kijken en zichzelf in de armen knijpen. Zo overtuigt ze zichzelf dat ze niet droomt. Daarna zal ze krijsen als een kraai en papa roepen. Die is er niet, dus moet ze zelf iets doen. Krisje uit bed halen, de telefoon pakken, de straat oprennen? Voor mijn trein het station uitdavert, is de politie al ingeschakeld. Dom van mij. Met een paar kussens of een hoop kleren onder de dekens zou ze waarschijnlijk niets merken.
Ik krijg er klamme handen van. Om iets te doen, drink ik van de koude koffie. Ik had beter gal kunnen drinken. Zo bitter!
De spanning die uit mijn lijf vloeide toen ik zo gemakkelijk en zo vlug een goed plekje had gevonden om de wachttijd tot aan mijn vertrek te overbruggen, stapelt zich weer op. Ik kan beter niet meer aan mama denken. Op wat er nu met haar en Krisje gebeurt, heb ik geen vat. Elke veronderstelling kan goed of fout zijn, een pure gok. Mijn slapen bonzen. Het grijze interieur van het café wordt nog donkerder. Achter mijn ogen nestelt zich een branderig gevoel. Alsof er zand in zit.

Aan een tafeltje, onder een felle lamp die net boven de tafel bengelt, zitten twee mannen. Ze zaten er al toen ik binnenkwam en ze zitten er nog. Bijna onbeweeglijk, zwijgend. Ze kijken elk een andere kant op, alsof ze daar per ongeluk en volkomen tegen hun zin zijn neergepoot. Ze slurpen koffie en roken sigaretten. De twee mannen staren neerslachtig naar buiten. Als twee vissen, slapend met de ogen wijd open. Misschien is het hun manier om zonder averij de nacht door te komen
'Mag ik een pakje Marlboro?' hoor ik mezelf vragen.
Ik schrik van mijn eigen stem. De twee mannen kijken met lege blikken over hun schouder, de ene links, de andere rechts.
'Sigaretten?' aarzelt de serveerster.
Ze schat mijn leeftijd en doet geen moeite om haar verwondering te verbergen.
'Ja, en nog een kop koffie. Deze is koud.'
'Gelijk heb je, koffie moet je heet drinken', gniffelt de vrouw.
Het intermezzo is zo voorbij. De mannen kijken verder zonder te zien, en roken. De serveerster zit weer op haar kruk. Voor mijn neus geurt een nieuwe kop koffie en de sigaretten zitten in mijn zak. Weggegooid geld! Ik heb geen lucifers en bovendien heb ik nooit gerookt. Of toch... Eén keer, om Koen een plezier te doen. In het Fort.

'Ik wist niet dat jij rookte', had ik gezegd.
'Doe ik ook niet', antwoordde Koen. 'Alleen vandaag.'
'Waarom?'

'Is niet belangrijk. Zullen we?'

Op het gele pakje prijkte een glimlachend meisje in een tijgerpak. Koen draaide haar ondersteboven en tikte tegen de bodem. Ze bleef lachen. Drie, vier sigaretten staken de kop op. Ik nam er eentje uit. We rookten tot we bijna gelijktijdig een hoestbui kregen en de gloeiende peuken in de vijver gooiden. Thuis heb ik daarna wel tien minuten lang mijn tanden gepoetst. Toch kon ik voor papa niet verbergen dat ik had gerookt. De preek die volgde, was onvermijdelijk. Roken was slecht voor de gezondheid. Heimelijk genoot ik van zijn ergernis. Wat jij met mij doet, is ook niet bevorderlijk voor mijn gezondheid, wilde ik zeggen. Maar de woorden bleven in mijn keel steken. Ik durfde niet. Toen nog niet.

De stilte van de nacht werkte geruststellend, maar ook verlammend.

Eén na één werden de vertrouwde geluiden ingepakt in een dempende cocon van kleverige draden: de zuchtende, bijna schurende ademhaling van mama; het geritsel van Reustie op het afdak van de garage; de buurman die zijn hond uitliet; het ratelen van een ijzeren kanteldeur verderop; de wind in de bladeren van de perenboom; het tikken van mijn wekker. Tenslotte hoorde en voelde ik alleen nog mezelf: het rusteloze ritme van mijn hart hield me gezelschap. Ik was bang.

Papa was er niet. Ik wist het en toch wachtte ik op het moment waarop de deur van zijn *werkkamer* met een korte plof achter hem dicht zou vallen en twee heldere klikken het slot zouden vergrendelen.

Krisje sliep geluidloos. De deur tussen onze kamers stond op een kier. Ik was jaloers op haar onschuld, op de onwetendheid van haar kindzijn. Tegelijk was ik bang dat papa zich, als ik eenmaal weg was, meer aan haar zou hechten. Ik besefte maar al te goed dat mijn vlucht geen zaak was van mezelf alleen. Iedereen had ermee te maken: mama, Krisje, Koen en misschien nog anderen.
Urenlang wachtte ik. Middernacht gleed ongemerkt voorbij. Mijn reistas stond al dagenlang klaar onder mijn bed. Het was een middel om mezelf te overtuigen, een aansporende wijsvinger: deze keer is het jouw beurt, nu moet het gebeuren! Drie keer pakte ik hem in, twee keer legde ik mijn spulletjes weer in de kast. Er was niet veel om mee te nemen: een spijkerbroek, een reservetrui, een paar slipjes, twee beha's, enkele T-shirts, een pyjama, tandenborstel en zeep, een foto van Koen met zijn saxofoon, wat schrijfgerei, drie boeken en mijn portefeuille met geld, mijn identiteitskaart, nog een foto van Koen en eentje van Krisje met haar plastic eendje in het bad. Voor de rest moest ik me maar behelpen met de kleren die ik droeg. Kou hoefde ik niet te lijden. Mijn groene loden jas kon tegen een stootje en de slobbertrui die mama in de therapie voor mij had gebreid zat me als gegoten.
Zonder het licht aan te doen, ging ik op de rand van mijn bed zitten. Het was bijna twee uur. Ik berekende dat ik een uurtje nodig zou hebben om in de stad te komen. Mijn fiets zou ik achterlaten in de stalling van het station. Ik wilde weg, gewoon verdwijnen!

Mama voelde zich gisteravond niet zo best. Dat zal vandaag niet beter worden als ze merkt dat ik ervandoor ben. Eigenlijk is het nooit meer goed gekomen sinds die zware inzinking van een paar jaar geleden. Ik denk dat dat de reden is waarom ik haar nooit in vertrouwen heb genomen. Mama zou me niet eens geloven. 'Papa? Hoe kun je dat nou zeggen? Hij is altijd zo lief, zo attent.' Tegelijk was er altijd die waarschuwing van papa: je mag hierover nooit met mama praten. Het is ons geheim. Als mama het wist, zou ze wel eens kunnen doodgaan. Dat wil je toch niet?
Natuurlijk wilde ik dat niet. Ik hield van mama en zweeg. Nu weet ik dat ik toen, helemaal in het begin, had moeten praten. Later, toen ik besefte dat mensen niet zo vlug sterven aan de waarheid, was het te laat. Ik zag papa steeds banger worden dat ik mijn mond voorbij zou praten. En toch durfde ik niet. Liever dan mezelf met woorden te bevrijden, zocht ik naar een mogelijkheid om ervandoor te gaan.
Die kans kreeg ik nu. Papa zit voor één keer voor zijn werk in het buitenland. Hij was er helemaal niet blij mee geweest.
'Zorg goed voor mama', zei hij voor zijn vertrek.
'Dat doe ik altijd. Dat weet je toch.'
Hij keek me aan met die vreemde glans in zijn ogen, die ik zo goed kende en die ik haatte.
'Je weet best wat ik bedoel', zei hij gebiedend.

Hij hoeft zich geen zorgen te maken. Ik zal niet klikken. Ik ga weg. Ik laat me opslokken in de anonimiteit, ik zal me onderdompelen in een andere wereld. En als ik verdrink?

Ik kan niet eens zwemmen. Hoe zou ik? Niemand heeft het me geleerd. Dus moet ik hopen, hopen op een redder, een boei of een stuk wrakhout. En als ook dat niet lukt... de korte pijn. Liever verdrinken dan langzaam te worden gewurgd door de strakke greep van knijpende handen om mijn hals.

Plotseling heb ik het gevoel dat er om mij heen iets veranderd is. De serveerster zit nog altijd op haar kruk. De mannen zwijgen. Toch voel ik ogen die mij bespieden. De angst steekt de kop weer op. Het is een bekend gevoel. In een situatie die ik niet kan inschatten raak ik van slag. Als ik niet vlug... Het is nog niet eens half vijf. Wat moet ik op straat doen?
En dan... zie ik haar. Ze zit hooguit vijf meter van mij vandaan. Ze drinkt cognac. Hoe is het mogelijk dat ik haar niet heb zien binnenkomen? Ze heeft haar drankje besteld en de serveerster heeft haar bediend. De twee mannen hebben haar waarschijnlijk nagekeken en gegrijnsd. En ik, ik heb niets gemerkt.
Ze is een jonge, mooie vrouw in een vurig rood mantelpakje dat strak haar buste en taille omsluit. Ze draagt hoge hakken. Eén schoen ligt naast de bijbehorende voet op de grond. Ze strekt haar tenen en masseert met één hand haar enkels. Ze doet me aan iets denken dat ik niet onmiddellijk kan plaatsen. Ik laat me wat verder onderuit zakken. Zo valt er meer schaduw op mijn gezicht en kan ik haar ongestoord bespieden.

Vuurrood gelakte, goedverzorgde nagels diepen een piepklein spiegeltje op uit haar tas. Ze stift haar lippen, steekt ze als een toeter vooruit en trekt ze weer in. Een vis, denk ik. Een karper die met slurpende zoenlippen een broodkorst vangt. Meteen weet ik waar ze mij aan doet denken. De spanning ebt weg en maakt plaats voor de doffe pijn van afscheid, van verlies.

Koen zat op een betonnen paaltje en leunde met zijn armen op de leuning van de brug. Zijn kin rustte in zijn handen. Ik stond enkele meters verderop onder het informatiebord dat de loftrompet stak over de commandant die de vesting gebouwd had. We staarden allebei in het water.
Dikke karpers hapten met uitgestulpte lippen naar de broodkorsten die Koen in het water gooide. De vis die als eerste het aas van het oppervlak plukte, toverde met een triomfantelijke zwaai van zijn staart dansende kringen op het water, gleed sierlijk weg in de donkere diepte van de vijver om seconden later weer op te duiken in een nieuwe poging om voor de neus van zijn concurrenten de volgende hapklare brok weg te plukken.
'Waarom?' vroeg Koen, terwijl hij weer een stukje brood in het water keilde.
Zijn stem klonk mat, zodat ik eraan twijfelde of hij wel echt een antwoord verwachtte. Er viel een lange, ongemakkelijke stilte. Hoe anders was het de vorige keren geweest als we samen door het Fort dwaalden en heel fragiel de afstand peilden die ons scheidde, hopend de ander te kunnen voelen,

aan te raken maar tegelijk bang om door een onverwacht woord, een indiscreet gebaar de betovering te verbreken.
Koen keek me niet aan. Zijn blik gleed in de richting van de overkant van de brede sloot waar twee eenden in hun primitieve kwaaktaal geen moeite hadden een levendig gesprek aan de gang te houden.
Laag over het water dreef een sliertige nevel die de uitbundige fonkel van de ondergaande zon in het rimpelige water uitvlakte tot een matte schijn.
Ik huiverde.
De herinnering aan de allereerste keer in de *werkkamer* van papa legde een loodzware steen op mijn hart. Het was erg warm geweest in de kamer en toch wenste ik dat ik die trui nooit had uitgetrokken. Ik zag opnieuw de waterige ogen van papa. Ik voelde weer zijn bevende hand op mijn naakte schouder.
Mijn verwarde hoofd had het moeilijk om werkelijkheid en herinnering te scheiden. Ondanks de ingetogen warmte van de bijna windstille zomeravond kreeg ik het koud. Nukkig trok ik mijn vest strakker rond mijn schouders. Diep in mijn hart borrelde woede omdat ik geen antwoord vond op de vraag waarom mooie dingen zo makkelijk lelijk konden worden.
Ik moest iets zeggen, maar mijn dikke tong, die als een volgezogen spons in mijn mond lag, weigerde elke dienst. Ik besefte goed dat Koen met één woord geen genoegen zou nemen. Als ik nu nog iets zei, moest ik alles opbiechten en dat kon ik niet. Ik had al veel te veel verteld.

De stilte sneed als een vlijmscherp mes de dunne draad stuk die wij gedurende maanden samen hadden gesponnen en waaraan ik mij als een drenkeling had vastgeklampt.
Koen was niet de reden van mijn vlucht. Integendeel. Als ik niet vertrok, me niet losrukte, zou ik er nooit voor hem kunnen zijn. Hoe kon ik het hem uitleggen? Dit was mijn kans, misschien de enige die ik kreeg. Het touw werd steeds strakker aangesnoerd, ontsnappen steeds moeilijker. Radeloos zocht ik naar de juiste woorden om het ravijn van onbehagen te overbruggen.
'Het heeft niets met jou te maken', stamelde ik haperend.
'Gelukkig', mompelde hij sarcastisch. 'Eerst houd je me in de waan dat je om me geeft en nu laat je me stikken.'
Ik voelde tranen prikken maar ik slikte ze weg. Ik wilde niet huilen. Niet daar, niet bij Koen.
Plotseling wou ik dat ik een vis was. Weg te glijden in de duisternis, te verdwijnen zonder geruis, opgeslokt en omhelsd te worden door strelend water en gevoerd met Koens brood. Zelfs het vooruitzicht om nooit meer boven te komen, schrikte me niet af.
Koen keek op zijn horloge.
'Dit was het dan', zei hij gelaten.
Hij klopte de kruimels van zijn handen en veegde ze af aan zijn broek. Voor het eerst sinds ik hem had verteld dat ik wegging en niet wist wanneer ik zou terugkomen, keek hij me aan. Opnieuw werd ik vertederd door die blauwe glans in zijn ogen. Er rees nieuwe twijfel in mijn hart. Kijk me niet meer aan, dacht ik. Kijk de andere kant op.

Hij stak zijn hand uit. Met twee handen tegelijk pakte ik hem beet en bracht de hand naar mijn lippen. Maar hij trok hem schielijk terug, alsof hij bang was voor een of andere besmetting. Hij vernederde me en toch voelde ik geen woede, alleen gelatenheid, eenzaamheid. De laatste twee jaar had ik enkel mezelf als troost gehad. Koen was alleen een rustpunt, een vluchtheuvel, een pijnstiller. Ik kon even naar lucht happen om daarna weer te zwemmen in een bodemloze zee. Dat was niet zijn schuld. Ik wilde het zo. Als ik hem echt mijn hand had gereikt, had hij me misschien kunnen helpen. Maar ik hield het luik gesloten. Slechts af en toe zette ik het op een kier. Koen plantte er zijn voet tussen, rukte en wrikte, maar ik gaf niet toe. De angst om ook die laatste strohalm te verliezen was telkens te groot geweest.
'Succes', mompelde hij vaag.
Hij draaide zich om, keek me niet meer aan en wandelde weg. De bloemen in de donkere, diepe bakken langs de rand van de weg en de vijver verschoten van kleur. Ze kregen een vale schijn, alsof ze kortgeleden per vergissing met een onkruidverdelger waren bespoten. De kroonblaadjes bogen hun kopjes en de bladeren krulden pijnlijk dicht om zich te beschermen tegen het insluipend gif.
Ik keek hem na. Hij nam zijn fiets uit het rek en morrelde aan de ketting. Daarna zette hij zijn linkervoet op de trappers en zwaaide zijn andere been als een ruiter over het zadel. Met enkele forse trappen duwde hij zich op gang. Mijn hart hamerde, mijn keel schroeide. Bij elke pedaalbeweging voelde ik me verder verschrompelen zoals de bloemen.

Koen verdween achter de eerste struiken. Als een jager richtte ik mijn blik op de plek waar hij weer zou opduiken. Voor ik het goed en wel besefte, flitste hij er voorbij. Nog één keer, voor hij bij de kromming in de weg definitief uit het zicht verdween, zou ik hem te zien krijgen. Daar was hij. Nog steeds lag hij als een wielrenner plat voorovergebogen over zijn stuur. En toen, plotseling, minderde hij vaart. Hij ging rechtop zitten, keek om en stak een arm in de lucht. Ik zwaaide terug met beide armen tegelijk.
'Ik zal je bellen!' gilde ik.
Maar dat hoorde hij niet.
Toen was hij weg.

twee

Ze glimlachte. Haar bovenlip krulde en twee fijne plooien tekenden symmetrische lijnen in haar wangen. Ze bekeek de enveloppe en trok haar wenkbrauwen tot boven de rand van haar bril zodat haar ogen opbolden tot blauwe knikkers, met in het midden een fonkelend sterretje. Er scheen weemoed in haar blik.

Tientallen namen had ik al voor haar bedacht. Gerda, Mia, Loes, Lut, Greet, An, Linda, Mieke... Alledaagse namen. Ik gooide ze als onbruikbaar weer in de prullenmand. Er sluimerde een geheim onder haar bleke, bijna doorschijnende huid. Daarom moest ook haar naam minder gewoon zijn. Adjani, Shana of Shirley klonken te exotisch; Sara, Eva en Cléo te bijbels. Alhoewel, Cléo... Ze had een langgerekt gezicht, amandelvormige ogen en fijngesneden, bijna bloedeloze lippen.

Als een relikwie draaide ze de enveloppe om en om. Haar vingers haperden aan de rand, zochten als een blinde naar

een afzender. Plots doofde de glimlach op haar lippen. Ze aarzelde. Een brief van een vreemde. Geen identificatie. Wat moest ze ermee? Het duurde even voor ze een beslissing nam. Toen vouwde ze de enveloppe dubbel en stak hem in de rechterzak van haar groene loden jas.
Mijn hart pompte als een gek toen ik weer op mijn fiets sprong. Het leek een vlucht. Domkop, domkop, domkop, hamerde het in mijn slapen. Je hebt niet eens je naam op de enveloppe gezet.

'De aanval is de beste verdediging', had Witte gepredikt. 'Meiden houden er niet van als je om de brij heen draait. Zeg wat je te zeggen hebt. Als het hun niet aanstaat, zul je dat vlug genoeg merken.'
'Ik ben niet zo goed in die dingen', had ik gezegd.
'Proberen, kerel. Recht op je doel af. Zo maak je de beste kans. Met lummelen maak je geen doelpunten.'
Witte kon het weten. Goals scoren en meisjes versieren waren zijn favoriete tijdverdrijf.
'Ik weet niet eens hoe ze heet.'
'Is dat een probleem? Vraag het haar gewoon, een naam is toch geen geheim. Niet elk schot is in de roos, maar als je het niet probeert...'
'Misschien heb je wel gelijk.'
Witte keek me lachend aan.
'Natuurlijk heb ik gelijk', schaterde hij. 'Weet je, Koen, je bent een pingelaar. Je slalomt teveel. Straks pik ik haar nog van je af. Nou ja, bij wijze van spreken. Ze is mijn type niet.

Veel te stil, te ernstig. Zou ze kunnen lachen?'
Die laatste opmerking ergerde me en Witte merkte het.
'Je hebt het echt te pakken, hè kerel', spotte hij. 'Kun je niet tegen een grapje?'
Hij porde me plagerig tussen de ribben. Ik vertrouwde zijn luchtigheid niet. Het zou best kunnen dat hij het niet zo speels bedoelde.
Tijdens de aardrijkskundeles deed ik of ik een plotselinge krampaanval had en glipte zonder argwaan te wekken naar het toilet.
Het beeld van het meisje danste op mijn netvlies. Ik wist zo weinig van haar. Ze zat niet bij ons op school en vriendinnen bij wie ik mijn licht zou kunnen opsteken, scheen ze niet te hebben. De weg naar en van school liep of fietste ze alleen. Mijn zus, die wel bij haar op school zat, had me ongetwijfeld meer kunnen vertellen, maar die kon zo moeilijk haar mond houden.
Haar op straat aanspreken durfde ik niet. Het enige alternatief was een brief. Ik schreef hem op het toilet op school. Ik kreeg er echt kramp van, niet in mijn buik maar in mijn linkerdij.

Mijn benen geselden de trappers en de fiets piepte en kreunde onder het geweld. Ze had geglimlacht toen ik de brief in haar handen stopte. Op dat vlak kon ik Witte geruststellen, ze kon wel degelijk lachen.
Op de hoek van de Guido Gezellelaan en de Stationsstraat moest ik uitwijken voor een grijze Peugeot. De chauffeur tikte opgewonden met een vinger tegen zijn voorhoofd. Ik

lachte, gooide dwaas een arm in de lucht en fietste verder.
Ik stelde me voor hoe ze voor de etalage van *Frank's Bookshop* de enveloppe zou openscheuren. Haar ogen dansen als waterjuffers over het blad en worden groter en groter. De sterretjes fonkelden. Nee! Niet waar! Snippers. Duizenden snippers dwarrelen door de lucht, gegrepen door een onverwachte bries. Ze huivert.
Domkop! Een brief was niet de juiste aanpak. Het staat er allemaal zo zwart op wit. Onherroepelijk, geen herkansing mogelijk. Waarom geen mailtje of een sms? Kon het nog makkelijker? Ook hier had ik me door Witte om de tuin laten leiden. 'Een brief heeft altijd nog ietsje meer', had hij beweerd. Nam hij me in de maling?

Dag,
Mijn naam is Koen.
Ik hou je al een tijdlang in de gaten.

Hoe was het mogelijk? In de gaten houden! Net of ik haar bespioneerde. Ik had me niet zo moeten laten opjutten door Witte. Er was geen enkele reden geweest om die brief te schrijven. Vroeg of laat zou zich wel een gelegenheid hebben voorgedaan om met haar in contact te komen. Hoe zou ik zelf reageren als een onbekende mij onverwacht een brief in de handen stopte?

Ik zou je graag beter leren kennen.
Kunnen we eens een afspraak maken?

Zondagmiddag ben ik in het Fort.
PS. Als het niet te moeilijk is, zou ik ook graag een foto van je hebben.
Dag,
Koen.

Gelukkig, het vervolg van de brief viel nog mee. Alleen... die foto was nogal opdringerig.
Ik gooide mijn fiets onder het afdak in de tuin en liep naar binnen. Mama keek naar de klok.
'Je bent laat', constateerde ze.
'Ik heb nog wat staan praten' loog ik.
'Is papa al thuis?'
'Nee.'
'Dan ga ik nog even naar boven. Ik moet vlug een paar dingen opschrijven, anders vergeet ik ze.'
Zonder verdere uitleg rende ik de trap op. Mama's blik priemde in mijn rug. Zoveel ijver was ze van mij niet gewend.
Vanuit mijn kamer had ik een strategisch uitzicht op de hele straat. Ze kwam hier elke dag voorbij. Om de schijn op te houden, legde ik alvast enkele boeken open op mijn bureau. Mama zou me waarschijnlijk niet achterna komen, maar je kon nooit weten.
Ik tuurde door het raam. Waar bleef ze?
Aan het eind van de Guido Gezellelaan zag ik duidelijk het uithangbord van 'Frituur Armand'. Het reclamebord hing in onze straat, maar de ingang van de tent lag om de hoek. Zou het kunnen dat ze... Dit was niet meer normaal. Van

de boekhandel tot aan de frituur was het hoogstens vijf minuten lopen. Laat haar nu nog enkele minuten geaarzeld hebben, maar sinds ik haar mijn brief in de handen had gestopt en er als een dief vandoor was gegaan, waren er meer dan tien minuten verstreken. Een andere weg kon ze niet nemen. Nou ja, eigenlijk wel, maar dat was een omweg van wel twintig minuten.

Daar had je papa al!

'Koen! Eten! Papa is er.'

Teleurgesteld en met loden benen liep ik naar beneden.

'Dag, papa.'

'Ha, hardrijder. Je had nogal haast daarstraks?'

'Ik?'

'Als je niet beter uit je doppen kijkt, sta je op een dag op de voorpagina van de krant.'

'Waarom?'

'Geheugenverlies ook al', grijnsde papa. 'Dat wordt ernstig. Herinner je je geen grijze Peugeot?'

'Ha, dat bedoel je. Ik had hem niet gezien. Zat jij...'

'Je kon me niet zien, ik zat op de achterbank. Met je hoofd naar beneden en rijden als een gek.'

'Ik had haast, het was al laat.'

'Nogal duidelijk. Enfin, denk er maar eens over na. Smakelijk.'

De soep was plotseling veel te heet. Na enkele lepels parelden er zweetdruppels op mijn voorhoofd.

Na het eten haastte ik me weer naar mijn uitkijkpost. De straat leek uitgestorven. Ik hoefde er niet op te rekenen dat ze nu nog langs zou komen. Maar als ik een beetje opschoot met mijn huiswerk, kon ik later op de avond nog even langs haar huis rijden.

'Ik rijd even naar de training, ma.'
'Welke training?'
'Van de voetbalclub.'
'Sinds wanneer interesseer jij je voor voetbal?'
Mama zat aan de tafel in de woonkamer. Zoals elke avond bereidde ze trouw haar schoolwerk voor. Papa begreep niet waarom een onderwijzeres die voor de tweede klas stond elke dag twee uur voorbereiding nodig had. 'Na achttien jaar voor dezelfde klas zou je wel mogen weten wat je moet doen', plaagde hij soms, voor hij in zijn krant dook.
'Witte maakt een kans om zondag in het eerste elftal te spelen. Vanavond, na de training, neemt de coach een beslissing.'
'Witte?'
'Ach ja, je weet wel, hij heet eigenlijk Mats, maar met dat witte haar van hem...', verduidelijkte mama in mijn plaats. 'Als hij op school even goed was als op het veld, was hij niet twee keer blijven zitten. Ik wist niet dat hij een vriend van je was, Koen.'
'Hij is mijn vriend niet, maar als ik morgen op school wil meepraten, moet ik toch even een kijkje gaan nemen.'
'Fiets je even langs *Frank's Bookshop*?' vroeg papa een beetje plagerig.
Onmiddellijk was ik op mijn hoede. Waarom vroeg hij dat? Had hij toch iets meer gezien daarstraks?
'Natuurlijk', zei ik zo luchtig mogelijk.

'Mooi! Breng dan een doosje parkervullingen mee. Met zwarte inkt.'
'En voor mij twee rollen blauw kaftpapier', voegde mama er snel aan toe.
Als ze zo doorgingen, redde ik het nooit om op en neer naar de Heide te fietsen. Ik deed snel een poging om er onderuit te komen.
'Zou de winkel nog open zijn? Het is al halfacht.'
'Kwart over zeven', corrigeerde mama. 'Je moet natuurlijk niet wachten tot na de training. Hier is geld.'
'Oké, tot straks dan.'
'En niet te laat, hè Koen. Ik moet die schriften vandaag nog kaften.'
'Nee, nee, om halftien ben ik thuis. Goed?'
Mama mompelde nog iets wat ik niet verstond en dook weer in haar papieren.
'Pas op voor grijze Peugeots ', grijnsde papa.

Ik reed door een vreemd dorp. Tussen de huizen gierde een bijtende noordenwind, die aan mijn jas rukte en ik moest voortdurend mijn haar uit mijn tranende ogen wrijven.
In de snackbar van Armand stond één klant. De man graaide met vettige vingers in een plastic bakje.
Omdat het in de Hoogstraat eenrichtingsverkeer was, moest ik eigenlijk rechtsaf langs het station de Willem de Vochtstraat door, zodat ik zo'n vijfhonderd meter verder weer in de Hoogstraat uitkwam om dan vanaf de andere kant *Franks Bookshop* te bereiken. Eén seconde was voldoende

om te besluiten het verbodsteken aan mijn laars te lappen. Ik gaf een korte ruk aan het stuur, lichtte op het exact getimede moment mijn achterwerk van het zadel en wipte mijn fiets met een metalen zuchtje op het voetpad. Vijf voor halfacht stond ik voor de etalage van de boekhandel.
'Verdomme', siste ik.
Aan de glazen deur plakte een wit papier waarop iemand met een viltstift slordig *'gesloten'* had geschreven. De aluminium rolluiken waren nog niet omlaag en achter in de winkel brandde een lichtreclame. Zou ik aanbellen? De gedachte aan de ongetwijfeld getergde blik van de eigenaar weerhield me. Ik maakte rechtsomkeert.
Deze keer was er niemand in de snackbar. Voor het voetbalveld moest ik rechts de Kerkhofstraat in. Rechtdoor reed ik terug naar huis. Als ik er gewoon langsfietste, zou ik een paar minuten later op de Heide komen. Maar als papa net op dat ogenblik zijn auto in de garage wilde zetten, had ik pech. Dan maar liever de omweg.
Het was zacht gaan regenen en de laatste verlichte etalageruiten glinsterden wazig. De gele straatverlichting deed het asfalt glimmen. Eén auto reed me voorbij, twee anderen kruisten mijn weg.
Voorbij de spoorweg ging ik weer linksaf om even later de beschutting van het dorp achter me te laten. De bebouwing kreeg een losser patroon en de steeds schaarser wordende huizen leken met weinig zin voor stedenbouwkunde neergepoot.

Ondanks de wind hield ik er een strak tempo in. Mijn ademhaling liep mooi synchroon met het ritme van mijn benen. Ik kreeg het gevoel dat ik zo nog uren door kon gaan, maar plotseling stokte ik. Ik twijfelde. Waar was ik in godsnaam mee bezig? Hoe kon ik hopen zelfs maar een glimp van haar op te vangen? Van mijn opwinding bleef ineens niet veel meer over.

Een flauwe bocht in de weg leidde me langs de Vliet. De fluisterende populieren overstemden mijn gehijg. Een stukje verder dook ik als een kamikaze de Nieuwstraat in. Aan het einde van die straat, bij een kapel, begon de Heidestraat.

Ze woonde in een kleine, vrijstaande woning. De rolluiken sloten elke lichtstraal potdicht af en in de voortuin zorgden alleen de sparren voor wat beweging. Wie niet beter wist, zou kunnen denken dat het huis onbewoond was.

Op het kruispunt, zo'n tweehonderd meter verder, stond een miniatuurmolen, die herinnerde aan de heidemolen die tijdens de oorlog was platgegooid door een bom die voor het Fort was bedoeld. In vogelvlucht was de afstand van hier tot aan het Fort nauwelijks een halve kilometer. In die tijd waren de bommen niet zo nauwkeurig gericht als nu.

Ik draaide om en reed nogmaals langs haar huis. Aan de overzijde, op zo'n vijftig meter afstand, stonden nog twee huizen. Een nieuwbouw met twee helverlichte ramen en ernaast een eenvoudiger huis met een serre tegen de zijgevel. Daar stopte ik. Tegen beter weten in wachtte ik, tot de kou langs mijn benen omhoog kroop. Het werd tijd om te gaan, wilde ik nog op tijd op de training zijn.

DRIE

De vrouw in het rode mantelpakje nipt van haar cognac. Als haar zuinige lippen het brandend goedje proeven, rilt ze. De gedachte aan alcohol op dit onmenselijke uur maakt dat ik met haar meehuiver. Hoe krijgt ze het naar binnen?
'De laatste voor vandaag', raadt ze mijn gedachten. Ze kijkt nadrukkelijk op haar horloge en glimlacht om de verwondering in mijn blik. 'Tijd om te gaan slapen.'
'Slapen?' vraag ik onnozel. Tegelijk bedenk ik dat mensen rare dieren zijn. Geen enkele kip kakelt 's nachts. Ze gaan met de zon op stok, zoals het vogels betaamt. Zelfs Reustie, onze kat, waarvan men beweert dat ze een nachtdier is en even goed in het donker als in het licht kan zien, komt de godganse nacht haar luie nest niet uit. Alleen mensen rennen en roetsjen dag en nacht. Sommigen voor hun werk, anderen voor de lol of uit verveling en weer anderen omdat ze op de loop zijn. Ze vluchten voor het licht. In het donker denken ze veilig te zijn, maar de nacht maakt hen zo bang dat ze de

weg kwijt raken. Ze draaien als een tol om hun as tot hun spoel helemaal leeg is en ze tegen hun wil wegwaaien in een richting die ze vooraf onmogelijk konden inschatten.
'Ja, ja, slapen, verdorie. Rustig alleen in bed, zonder de hete adem van een of andere man in je nek. Wat jij, Lily?'
De serveerster schrikt op.
'Gelijk heb je', zegt ze slaperig. 'Mannen zijn het niet waard om er je slaap voor te moeten missen.'
'Hoor je dat, kind? Als je op de loop bent voor een liefje, vergeet hem dan maar. Zeg hem wat je te zeggen hebt en laat hem fluiten.'
Ze moesten eens weten! De hete adem van een man! Hoe dikwijls heb ik de adem van papa vervloekt als hij zich over me heen boog? Die geur! Ik kan hem niet beschrijven en toch zou ik hem uit duizenden andere herkennen. Zelfs als hij net zijn tanden had gepoetst, walmde er een weezoete geur uit zijn mond die me misselijk maakte. Op een dag had ik het zo erg te pakken dat ik het tapijt in zijn *werkkamer* onderkotste. Op handen en voeten moest ik daarna de rotzooi opruimen. Ik voelde me vies en vernederd. Water, veel water, emmers water over mijn lijf was het enige waaraan ik kon denken. Even vreesde ik dat hij met me mee zou gaan naar de badkamer, maar gelukkig was zijn afkeer te groot. Hij liet me met rust. In stilte hoopte ik dat ik de volgende keer weer ziek zou worden. Belachelijk, natuurlijk.

'Ik heb geen vriendje', zeg ik veel te fel.
De twee dames kijken me verbaasd aan.

'Nou, nou, ook goed. Ik wilde maar zeggen dat...'
Ik luister niet langer en laat me meeslepen door Bram Vermeulen. Ik zie de lippen van de twee vrouwen dansen en hun ogen tasten, maar ik hoor alleen de rauwe, ietwat hoekige stem van de zanger die zich onweerstaanbaar uit de achtergrond aan mij opdringt.

Ik heb een steen verlegd in een rivier op aarde.
Nu weet ik dat ik nooit zal zijn vergeten.
Ik leverde bewijs van mijn bestaan.
Omdat door het leggen van die ene steen,
de stroom nooit meer dezelfde weg zal gaan.

Mijn steen is ook gelegd. Na vandaag zal ik nooit meer dezelfde zijn.

Mijn blik glijdt over het lege terras, de blinkende straatstenen en de dwalende, verregende koplampen van de taxi's voor het station. Ik haper bij de druipende vlaggen boven de eenzame bushokjes, die 's nachts alleen maar dienen als reclamepanelen voor musicals, films en kledingwinkels.
Het wordt drukker in de straat. Steeds meer mensen lopen langs het raam. Mannen met een aktetas, vrouwen met baby's. Een kunstenaar met een enorme map onder de arm en een rode pet op het hoofd. Een paartje in een innige omstrengeling. Trekkers met dikke rugzakken. Een vroege bedelaar. Als tijdverdrijf raad ik de nationaliteiten van de mensen die passeren. Ik stop bij twaalf. Wat moeten al die mensen? Wat zoeken ze? Wat zoek ik?

Mijn ogen speuren naar lotgenoten. Ik probeer hen te ontdekken achter uitgestreken gezichten. Het lukt me niet en dat maakt me opstandig. Tientallen keren heb ik alle mensen om mij heen (en in de eerste plaats mijn moeder) verweten dat ze niet merkten wat er met mij aan de hand was. En nu? Ik ben niet beter dan zij, want ook ik slaag er niet in door die vreemde maskers heen te kijken.
Onder een lantaarnpaal, versierd met vrome engeltjes die zedig een lauwerkrans op hun schoot leggen, zitten twee meisjes van mijn leeftijd. Ze staren naar de af- en aanrijdende autobussen. Waarom weet ik niet waarop zij wachten? Zoeken ze hulp? Iedereen loopt hier rond met zijn eigen geheim, verstrikt in gedachten achter een gesloten gezicht.

Verkeersborden geven de juiste richting aan of verbieden de toegang. Auto's kan men in een richting dwingen, maar gedachten niet. Die laten zich niet tegenhouden. Gedachten breken muren, overbruggen afstanden, openen deuren maar sluiten ze ook dikwijls af.
Bij het zien van een klein meisje dat haar hand teder in de vuist van haar vader nestelt, slaan mijn gedachten op hol. Het café wordt lucht. De zwijgende mannen lossen op en de twee vrouwen schrompelen ineen tot nietige mieren tussen de spleten in het behang.

Ik wandelde met papa naar het Fort. Ik was acht. Papa was mijn grote, sterke vriend.
'Wat is een fort, papa?'

'Een groot huis voor soldaten.'
'Wonen daar mensen?'
'In de oorlog.'
Ik vroeg me niet eens af wat oorlog betekende.
'Ik zou daar niet willen wonen. Zulke kleine raampjes. Je kunt bijna niet naar buiten kijken. En er zitten gaten in de muur. Regent het daar niet binnen?'
'Dat zijn schietgaten. De soldaten kunnen zo gemakkelijk van binnen naar buiten schieten, maar omgekeerd is het veel moeilijker.'
'Waarom?'
Papa bleef staan. Zijn arm wees naar een van de langwerpige spleten in het dikke beton.
'Zou jij van hieraf daar een steen door kunnen werpen?'
'Zo ver kan ik niet gooien.'
Papa lachte. Hij legde als een echte kameraad zijn hand op mijn schouder. Het was zomer en warm. Onder zijn hand werd mijn jurkje klammig van het zweet. Ik weerde zijn hand niet af. Het was een zachte hand.
Aan de ophaalbrug over de gracht stonden we stil bij de smalle spoorwegrails die onder de dikke ijzeren poort naar binnen liepen.
'Rijdt hier een trein, papa?'
'Nee.'
'Waarvoor dienen die rails?'
'Kijk eens naar de poort. Kan daar een grote legervrachtwagen door, denk je?
'Het is veel te klein. Een trein kan er zeker niet door.'

'Ze gebruikten geen trein. Binnen in het Fort zaten honderden soldaten. Die moesten allemaal eten en ze hadden kogels nodig voor hun kanonnen en geweren. En zeep en kleren. Omdat die vrachtwagens niet door de poort konden, laadden ze buiten alles op kleine spoorwegwagonnetjes, die ze daarna naar binnen duwden. Als...'
Ik luisterde al niet meer. Voorbij de poort lokte de speeltuin: drie schommels, een klimrek in de vorm van een spinnenweb, een lange glijbaan en een klein dierenpark met eenden, ganzen en een trotse pauw. Even later hing ik aan het rek.
'Vooruit, papa, durf je niet?' plaagde ik.
Papa liet zich niet kennen. Hij gooide één been over het onderste touw en trok zich omhoog. Daarna het tweede. En het derde. Daar moest hij even op adem komen.
'Zijn die touwen sterk genoeg?' aarzelde hij.
'Zie je, je durft niet', schaterde ik.
Ik straalde bovenin.
'Oké, jij wint', lachte papa. 'Dit ding is niet gemaakt voor grote mensen zoals ik. Weet je, ik heb een beter idee. Ik trakteer op een ijsje. Wat denk je daarvan?'
Nou, voor een ijsje wilde ik wel van mijn troon afdalen. Drie dikke bollen: roze, geel en bruin. Of het smaakte!
'Jij bent de beste klimmer', gaf papa grootmoedig toe. 'Wedden dat ik je in het lopen wel de baas kan?'
'Ik ben de beste loper van de klas.'
'Dat wil ik wel eens zien.'
Papa trok me tegen zich aan. Ik hield van de vertrouwde geur van zijn lijf en van de haartjes op zijn bruine handen.

Tussen zijn wijs- en middelvinger zat een dikke, bruine pukkel.
'Kom. Wie het eerst bij de vijver is!' lachte hij.
'Oké.'
We renden erop los. Twintig meter voor de eindstreep had ik nog een lichte voorsprong, maar toen schoot papa me voorbij.
'Wat heb ik je gezegd', hijgde hij.
'Het is niet eerlijk. Jij bent veel groter dan ik', pruilde ik.
'We zullen het later nog eens overdoen', beloofde hij lachend.
'Als je even groot bent als ik.'
'Afgesproken.'
We zaten op een houten bank en ik leunde een beetje slaperig tegen papa's schouder. Vijf meter verder suften twee vissers. Ineens sprong een van de mannen op. Een reuzendobber, in het midden van de vijver, danste als een gek op en neer om ten slotte met een snelle ruk helemaal onder water te verdwijnen. Vijftig meter verder kwam hij weer boven drijven.
'Die hangt', riep de man enthousiast. 'En het is een grote, reken maar!'
Dat werd spannend.
De visser kreeg gelijk. Even later lag er een happende snoek op de kant. Wat een bek! Al die flinterdunne tandjes! De visser zette een ijzeren klem tussen de kaken van de vis om zijn vingers niet te bezeren terwijl hij de haak loswrikte.
'Heeft die vis geen pijn, papa?'
Papa kreeg geen tijd om te antwoorden.
'De bek van een snoek is gevoelloos, meisje. Als je eens wist wat die allemaal naar binnen slokt,' zei de visser.

Ik mocht even aan de tandjes voelen. Toen ze in mijn vingers prikten, trok ik ze verschrikt terug. Vakkundig peuterde de visser de haak los en liet de snoek weer zwemmen.
Tegen vijven waren we thuis.

Ik ontwaak uit mijn roes. Aarzelend lost de nevelige schemering zich op. Met een troebele onderwaterblik zie ik dansende tafels en stoelen, een wiebelend licht aan de wand. De vele tinten grijs verkleuren tot herkenbare gestalten: de dame met het rode mantelpakje, de kortgerokte serveerster, de voorbijglijdende schimmen op het voetpad. Hé, de mannen zijn weg! Twee lege stoelen wijzen nog steeds in tegenovergestelde richting. Plots word ik mij bewust van de hand die op mijn schouder rust. Ik krimp ineen. Gesnapt! Een siddering loopt over mijn rug, mijn nekharen staan overeind. Ik ben kwaad op mezelf. Voor ik goed en wel weg ben, hebben ze me alweer te pakken.
Ik wil wegduiken onder de tafel, de straat oprennen, oplossen in de roetgassen van een voorbijrijdende bus en langzaam versmelten met de honderden geuren die onzichtbaar over het plein dwalen. Ik blijf zitten. Het is een dwingende hand.
Zijn hand. Geef je maar over, Elien. Je hebt gegokt en verloren. Hoe kon je zo dwaas zijn te denken dat je zomaar aan zijn greep kon ontsnappen? Het is je nooit gelukt, waarom nu wel? Rennen heeft geen zin. Hij loopt veel sneller dan jij.
'Al zo vroeg op reis?' grinnikt een stem die niet eens onvriendelijk klinkt.

Vingers knijpen in mijn vlees, maar ze doen me geen pijn. Ze sleuren me niet overeind, dwingen me niet op de grond. Ze voelen eerder speels, een beetje spottend aan.
'Waarom schrik je zo? Heb je een slecht geweten?' lacht de stem.
Plots weet ik heel zeker dat hij het niet is. Met een ruk draai ik me om. De hand glijdt van mijn schouder.
'Laat me los', schreeuw ik veel te luid.
Voor mij staat een man van pakweg zeventig. Hij leunt wat voorover en kijkt me aan met ogen die onderzoeken als een camera. Toch zijn het vriendelijke ogen, zonder agressie. Doe gewoon, doe gewoon, hamert het in mijn hoofd. Geen argwaan wekken.
'Wat wilt u?' trillen mijn stembanden ongecontroleerd.
De man lacht met een brede mond. Zijn gebit is veel te gaaf voor zijn leeftijd. Hij haalt de schouders op.
'Als je hier blijft zitten dromen, mis je je trein', zegt hij.
'Dat gaat u niks aan.'
'Gelijk heb je. Nou, dan ga ik maar. Ze hebben op de radio gezegd dat het mooi weer wordt vandaag. Ik ga een dagje naar de kust.'
'Prettige reis', zeg ik ongeïnteresseerd.
De man loopt me voorbij, knipoogt tegen de twee dames die roerloos het gesprek hebben gevolgd en stapt houterig naar de deur. Ik zie touwtjes aan zijn armen en benen, aan zijn hoofd. Als iemand ze laat vieren, zakt hij in elkaar als een marionet. Ik staar hem na, verwacht dat hij zich nog eens omdraait, maar hij doet het niet. Zonder nadenken

loop ik naar het raam en zie hoe hij zonder aarzelen de straat oversteekt en het station in loopt.
'Wie is die man?' vraag ik aan de serveerster.
Ze schudt haar hoofd.
'Ik zou het niet weten. Ik heb hem hier nog nooit gezien.'
Zonder verder nadenken ren ik de straat op.

Ik word bespioneerd, voel me bekeken en besnuffeld door vreemde blikken. Ik beeld me in dat ze uit mijn manier van lopen of uit mijn nauwelijks waarneembare lichaamsgeur dingen opmaken die ik geheim wil houden. Het ergert me mateloos. Niemand hoeft te weten wat er met mij aan de hand is. Alleen ik weet het. En hij.
Maar als ik spreek, ontkent hij in alle toonaarden. Hij maakt van mij een leugenaar en blijft zelf de winnaar. Nee, ik zal niet praten, ik zwijg. Niet om hem, maar om mezelf te beschermen.
Als een opgejaagde kat kijk ik rond. Toch kan ik niemand betrappen die snel het hoofd afwendt als ik hem recht in de ogen kijk. Het liefst was ik veilig weggekropen in een hoekje om van daaruit de anderen te kunnen observeren. Dat kan niet, ik moet een kaartje kopen.

Ik tast in de zak van mijn jas. Het kleine sleuteltje rinkelt tussen enkele muntstukken. Die sleutel is mijn reddingsboei. Het was louter toeval. Bestaat dat wel, toeval? Het kan even goed een teken zijn, een onverwachte kans.
Zodra ik wist dat papa dit weekend op zakenreis moest naar

het buitenland stond mijn besluit vast. Alleen... waar moest ik naartoe? Dagenlang worstelde ik met die vraag, tot Koen me uitnodigde.

'Ga je zondag met mij naar zee?' vroeg hij hoopvol.
We wachtten bij hem thuis in de keuken op zijn zus, die enkele boeken van mij had geleend.
'Naar zee?'
'Naar onze caravan.' Hij rammelde met een bosje sleutels.
Ineens wist ik het. Ik ging naar zee, maar niet met Koen.
'Zondag kan ik niet. Een andere keer misschien.'
'Dat zeg je nou altijd. Maar wanneer is dat dan?' vroeg hij verwijtend en ontgoocheld. Hij hing de sleutels aan een haakje naast de deur.
'Papa wil dat ik 's avonds thuis ben.'
'Papa, papa, je lijkt wel een vaderskindje. Je houdt meer van hem dan van mij.'
'Dat is niet waar!' schreeuwde ik heftig. 'Ik hou van jou, van jou alleen.'
'Waarom ga je dan niet mee?
Koen begreep het niet. Ik nam het hem niet kwalijk. Hij voelde dat er iets fout zat, maar hoe kon hij weten wat het was?
Ik kon alleen nog aan die caravan denken. De sleutel verdween ongemerkt in mijn zak.

De caravan staat ergens op een camping in Nieuwvliet, niet zover over de Nederlandse grens. Vroeger, toen Koen en zijn zus nog klein waren, trokken ze er elk weekend naartoe. Nu gaan ze nog hooguit twee, drie keer per jaar. Meestal na een storm. Dan gaan ze kijken of alles nog overeind staat en een uur later zijn ze al op de terugweg. Ze blijven er nooit slapen. Koen vindt het best zo. Hij blijft liever thuis, bij zijn vrienden of bij mij. Ik neem de trein tot Brugge en ga van daaruit met de bus richting Breskens. Verder zoek ik het wel uit.

Kwart voor vijf.
De stad wordt wakker. Als een kouwelijke mus sta ik op de hardstenen trap voor de ingang van het station. Binnen lokt de warmte en toch blijf ik besluiteloos staan. Ik had beter nog een tijdje in dat café kunnen blijven. Er was geen enkele reden om weg te rennen.
Er zit een knoop in mijn darmen. De koffie, denk ik. Nooit drink ik nog koffie. Mijn blik blijft plakken aan de granieten engeltjes onder de lantaarn. De meisjes zijn vertrokken, de engeltjes gebleven. Hun onnozele glimlach ergert me. Boos schop ik tegen een kleine steen die verschrikt de trappen afhuppelt en angstig wegduikt in een verroeste put. Wat is er in godsnaam vrolijk aan een gebeiteld leven op een paal. Regen of zon, vreugde of verdriet, warm of koud, die stenen gezichten blijven glimlachen. Dan nog liever een boom, zoals in het jonge plantsoen langs het plein. Veilig ondersteund door vertrouwde, strakke balken mogen ze wortel schieten, hangend in hun rubberen hengsels. Waar is mijn rubberen hengsel, mijn arm om op te steunen?
De kramp in mijn darmen wordt heviger.
Een buschauffeur klautert achter het stuur van zijn gevaarte.

Hij kijkt naar mij, draait zijn raampje omlaag en leunt naar buiten.
'Moet je mee?' vraagt hij. 'We vertrekken.'
'Nee!' gil ik nodeloos luid.
De man fronst de wenkbrauwen, draait zijn raampje zorgvuldig dicht en laat de motor grommen. Zijn laatste blik, vol onbegrip en verwijt, doet de angst weer toeslaan. Het is iets lijfelijks, iets dierlijks dat onverwachts in mijn bloed kruipt. Een koorts die opsteekt als een windhoos, alles meesleurt, gedachten uitvlakt en hersenen lamlegt. Ik klamp me vast aan een ijzeren leuning en adem diep. Dat helpt. Ik krijg mezelf weer onder controle en denk aan Koen. Waarom komt hij niet? Nogal simpel, hij geeft niet om jou. Als hij echt iets voor je voelde, zou hij nu opduiken. Op zijn fiets, trappend als een gek. Hij zou roepen: 'Elien...Elien... Elien...!' En ik zou naar hem toerennen en me begraven in zijn armen.

'Niet doen, stoute jongen!'
Dwaas kijk ik naar een grijsaard met een witte poedel. Het diertje tilt zijn poot op. Kleine spatjes urine tekenen kringetjes voor mijn voeten.
'Maak dat je wegkomt, mormel', snauw ik.
De man grijnst verontschuldigend.
'Het spijt me. Duukje heeft blijkbaar een oogje op jonge meisjes. Je schoenen zijn toch niet vies geworden, hoop ik?'
'Het is al goed', mompel ik vaag.
De man tikt tegen zijn pet.

'Koud vannacht', prevelt hij binnensmonds.
Haastig loop ik naar het toilet. Een hond kan zich meer permitteren dan ik.

Ineens bevind ik me in een andere wereld. De stadsgeluiden, nauwelijks twintig meter verderop, dringen niet door tot in de stationshal. Luidsprekers zingen het verhaal van Rihanna, *Don't Stop The Music.* Op geregelde tijdstippen onderbreken ze zichzelf . *Spoor twee. De IC- trein naar Charleroi stopt in...* Muziek. Dan opnieuw gefluit en gesuis als voorbode van de metalen stem. Mannen die verveeld koffie slurpen uit plastic bekertjes of een roze milkshake opzuigen, spitsen de oren, kijken op hun horloge en vervelen zich verder. *De internationale trein naar Amsterdam vertrekt over drie minuten op spoor zes. Eerste station is Roosendaal, daarna...*
Eindelijk. Het toilet.
Op de stoel van de toiletjuffrouw ligt een stukje karton waarop de prijs vermeld staat. Veertig eurocent. Het schoteltje op de tafel is leeg. Ze is er niet, denk ik spijtig. Ik houd van toiletjuffrouwen. Ze kijken met moederogen: rustig, vriendelijk, bezorgd en altijd met een zekere achterdocht. Ze kijken zoals mama, voor ze ziek werd.

vier

Witte leunde nonchalant tegen een paal van de fietsenstalling. Hij stak zijn handen diep in zijn broekzakken en de manier waarop hij zijn lange benen eerst naar links en dan weer naar rechts kruiste, maakte hem nog groter, nog slungelachtiger. Toch was zijn onverschilligheid maar schijn.

Van een afstand leek het alsof hij het hele afdak torste. Als hij één pas opzij zou zetten, kon de hele constructie, compleet met plastic golfplaten, zo in elkaar donderen. Ik moest toegeven dat hij geen strategischer plek had kunnen uitkiezen om gelukwensen in ontvangst te nemen. Je kon hem gewoon niet negeren.

'Vooral die tweede goal, Witte, toen je die lange de bal tussen zijn benen door speelde en daarna de keeper op het verkeerde been zette. Magistraal, kerel!' hoorde ik iemand zeggen.

Witte wuifde het compliment weg.

'Zo'n stijve hark. Ik had allang in de gaten dat hij te pakken was. Het was gewoon een kwestie van geduld. In elke

wedstrijd komt er wel zo'n kansje. Dan moet je er als de kippen bij zijn natuurlijk.'
Hij glunderde. Zoals gewoonlijk had hij geen enkele last van bescheidenheid.
Ik gunde hem zijn pleziertje. Hij verdiende de aandacht van de groep die zich om hem heen vormde. Twee doelpunten scoren in je eerste wedstrijd voor het eerste elftal was niet niks. 'Witte, kerel, fantastisch maat', zou ik kunnen zeggen. Maar ik probeerde hem te ontlopen. Het was een beetje gênant. Met een paar gerichte vragen zou hij me zo voor schut kunnen zetten. Ik had alleen de laatste minuten van de wedstrijd gezien.

Tante Lut was net bevallen van haar tweede baby. Mama en papa wilden ernaartoe. Ik protesteerde. Ik kon het toch niet maken om de eerste wedstrijd van Witte te missen! Gelukkig hadden ze daar begrip voor.
In plaats van naar het stadion te fietsen, reed ik zonder enige wroeging recht naar het Fort. Ik had tijd genoeg, dacht ik, want de wedstrijd duurde tot kwart voor vijf. Het meisje had nadat ik haar mijn brief had gegeven niets van zich laten horen. Misschien wilde ze me verrassen.
Ondanks het miezerige weer was er veel volk op de been. Het was open dag op het Fort. Gidsen gaven rondleidingen. De centrale gang werd verlicht door grauwe peertjes, die met gekleurde glazen lampenkappen werden beschermd tegen het insijpelende vocht dat groteske bruine patronen tekende op het plafond. Tegen de grote boog van het gewelf

leken dikke druppels te twijfelen welke richting ze uit wilden. Als ze de zijwand bereikten schakelden ze in een hogere versnelling en roetsjten ze omlaag, om enkele tellen later op de grond op te gaan in stille plasjes, die op hun beurt na enige tijd een uitweg vonden in de richting van het enkelspoor in het midden van de tunnel.

Ik aarzelde, liep de gang op en neer en kruiste verschillende groepjes bezoekers.

'Hé Koen, niet naar het voetbal?'

De Lange! Dat ik mijn leraar geschiedenis uitgerekend hier tegen het lijf moest lopen.

'Als je zin hebt, kun je je bij onze groep aansluiten', zei hij vriendelijk.

Ik glimlachte schaapachtig. Eigenlijk wilde ik best iets meer te weten komen over dit bouwwerk, maar als ik inging op zijn uitnodiging, hoefde ik er niet meer op te hopen haar te zien. Elke groep volgde, precies getimed, hetzelfde traject. Je kon er een klok op gelijk zetten.

'Hoe lang duurt zo'n rondleiding?' vroeg ik.

'Een uurtje. Daarna is er voor iedereen een gratis consumptie in de kantine van de visclub.'

Om de schijn op te houden, keek ik op mijn horloge. De Lange glimlachte.

'Ik denk dat ik toch maar naar het voetbal ga kijken', zei ik.

'Ook goed. Tot morgen.'

'Ja, tot morgen.'

'Kijk mensen, we bezoeken vandaag een van de best bewaarde Forten van de buitenste Fortengordel, de zogenaamde Hoofdweerstandsstelling. Al in 1859 werd besloten...'
De stem van De Lange klonk eerst helder, maar naarmate de groep zich verwijderde, verdronk ze in holle klanken die tegen de gewelven weerkaatsten en ten slotte uitdeinden tot een grijs gemurmel.
Ik vroeg me af hoe hij mijn weigering zou opvatten. De Lange was een sportieve kerel, maar je moest hem niet voorliegen. Ik moest er in elk geval voor zorgen dat ik toch iets van die wedstrijd te zien kreeg.
Ik liep een volgende groep tegemoet, die in de richting van de zwaarbepantserde deur van het kruitmagazijn schuifelde.
'U moet weten dat het zwarte kruit erg vochtgevoelig was. Daarom werd dit magazijn uitgerust met een houten vloer en kreeg het een aangepaste ontluchting. Maar het kruit was niet alleen vochtgevoelig, ook vonkgevoelig. Daarom...'
Toen zag ik haar.
Ze stond en profil. Het licht dat uitbundig door de ingang naar binnen stroomde, tekende haar silhouet. Ze is mooi, ging het door mijn hoofd. Ik wilde haar beeld op mijn netvlies bewaren, maar naarmate ze dichterbij kwam, temperde de duisternis het binnenvallende licht zodat de haarscherpe afdruk vervaagde tot een schim. Ik dook weg in een muffe nis, waar houtblokken lagen te schimmelen. Onmiddellijk besefte ik het absurde van mijn reactie. Van de plaats waar zij zich bevond, kon ze me onmogelijk zien. De schemering in de gang was een uitstekende bondgenoot.

Ik verliet mijn schuilplaats, liep enkele meters in haar richting en bleef weer staan. Een eigenaardige warmte, een mengeling van verwachting en onzekerheid, nestelde zich in mijn ingewanden. Ik wist er geen raad mee en dacht aan Witte. 'Eropaf, kerel, waar wacht je op?' Ik hoorde hem lachen. Soms was ik jaloers op zijn flair, zijn doortastendheid. Nu niet... Ik koesterde de aarzeling in mijn maag, genoot van de tinteling die als koolzuur door mijn aders siste.
Toch mocht ik niet te lang aarzelen.

Ik had mijn brief in haar handen gestopt en plotseling leek ze van de aardbodem verdwenen. De volgende morgen stond ik tot even voor halfnegen achter het raam van mijn kamer en begluurde elke voorbijganger. Mama kreeg het ervan op haar heupen.
'Waarom vertrek je zo laat?' zanikte ze. 'Nu moet je weer rijden als gek.'
Ze had gelijk. Puffend rende ik het schoolplein op. De laatste leerlingen druppelden net naar binnen .
'Sorry, ik had me bijna verslapen', verontschuldigde ik me.
's Middags haastte ik me om als eerste weg te komen. Meteen naar de schoolpoort van Sint-Angela. Daar lanterfantte ik voor de etalage van *'t Snoeperke'* en wachtte tot alle meisjes weg waren. Ik kreeg haar niet te zien. Om vier uur hetzelfde scenario.
Naarmate de dagen vorderden werd ik eerst wanhopig, daarna voelde ik me gelaten en ten slotte werd ik kwaad. Een kort antwoord was toch niet teveel gevraagd! Ik probeerde

er maar niet teveel van te verwachten. Ze voelde niks voor mij, zo simpel was het.
Misschien had Witte gelijk. 'Meiden moet je niet nalopen. Je moet zorgen dat ze achter jou aan zitten', verkondigde hij. Maar elke avond op mijn kamer, alleen met mijn gedachten, danste haar beeld in mijn hoofd. Honderd, nee duizend keer, keek ze me aan met ogen die vol verwondering van de brief in haar handen naar mij keken en omgekeerd. Ze draaide de brief om en om, besnuffelde hem met voorzichtige vingers en liet hem ten slotte in de zak van haar jas glijden... Een enkele keer, in een onbewaakt ogenblik, glipte mijn hand als een woelmuis door haar lange haar. Ik kreeg een erectie. Ondanks het prettige gevoel verdrong ik de gedachte aan mijn hand die naar haar schouder dwaalde.

Ze stond op nauwelijks een meter afstand van de gids.
'Granaten, kruit, schokbuizen enzovoort, werden afzonderlijk geleverd en alle munitie moest in het Fort gemonteerd worden. Een gevaarlijk karwei! Daarom is het kruitmagazijn een van de grotere lokalen van het Fort. De buitenmuren...'
De gids was mager, met een licht grijzende snor boven bloedeloze lippen die bijna onbeweeglijk bleven bij het praten. Af en toe plukte hij pluisjes tussen de fijne snorhaartjes uit. Hij sprak bedachtzaam, volkomen in tegenspraak met zijn wiekende armen. Zij staarde hem aan, volgde de bewegingen van zijn armen en heel af en toe knikte ze bijna onmerkbaar. Toch was er iets onechts in haar aandacht. Ze schuifelde met haar voeten, gluurde naar de ingang en ik kreeg meer

en meer de indruk dat de uitleg van de gids haar geen moer kon schelen. Het leek meer een verplicht nummertje dan een vrije keuze. Ze speelt komedie, dacht ik. Zou ze me dan toch verwachten?
Bij die gedachte liep er een rilling over mijn rug en mijn handen begonnen te beven. Ik moffelde ze haastig weg in mijn broekzakken en stelde met enige tevredenheid vast dat de trilling ophield. Ik moest het er maar op wagen.
Onopvallend slenterde ik naar het groepje.

De gids was de eerste die me opmerkte.
'Kom erbij, jongeman...'
Enkele toehoorders draaiden hun hoofd in mijn richting. Ook zij. Ik was er zeker van dat ze mij had opgemerkt. Haar ogen klaarden even op en heel vaag meende ik een zweem van een glimlach te bespeuren. Toen keek ze opnieuw voor zich uit en concentreerde zich weer op de uitleg van de gids.
'We lopen nu naar de troepenkamers. Er zijn twaalf kamers. Met twintig soldaten per kamer was er accommodatie voor 240 manschappen. In 1914 verbleven er in het Fort 300 soldaten. U begrijpt...'
Ik koesterde het gevoel van opluchting dat me overspoelde. Ik had de eerste stap gezet, nu was het haar beurt.
De gids beëindigde zijn verhaal en nam de groep weer op sleeptouw. Ik volgde in de staart. Langzaam raakte ze ook achterop. Naarmate de afstand tussen haar en mij kleiner werd, begon mijn hart te popelen. Ten slotte liep ze naast mij. Als ik het wilde en durfde, had ik haar hand kunnen aanraken.

'Dag, Koen', zei ze.
'Dag, heu...' stamelde ik.
'Ik heet Elien.'
'Dag, Elien. Ben je ziek geweest?'
'Hoe kom je daar bij?'
'Ik heb op je gewacht.'
'Mama was ziek.'
'Oh, neem me niet kwalijk.'
'Geeft niet, jij kon dat niet weten. Als mama ziek is, wil papa dat ik bij haar blijf.'
'Is het ernstig?'
'Misschien.'
Ze haalde de schouders op en zweeg. Haar huid had een matgrijze tint en op de plaats waar haar hals in een schouder veranderde, zat een kleine moedervlek. Ze staarde naar de grond . Ineens leek ze hulpeloos, een zieke mus.
' ... de telefooncentrale. De Fortcommandant heeft een draagbaar toestel, zodat hij alle gesprekken kan afluisteren en zonodig tussenbeide kan komen...'
'Dat is echt iets voor hem', zei Elien plots. Ze wees met haar hoofd in de richting van de gids.
'Hoe bedoel je?' vroeg ik verbaasd.
'Hij is dol op afluisteren.'
'Ken jij die man?'
'Hij is mijn vader.'
Ik kon het niet geloven. De spichtige man vooraan met zijn wuivende gebaren en snerpende stem was bijna het tegendeel van zijn dochter. Hoe ik me ook inspande, ik kon geen

gelijkenis ontdekken.
'Ben je er zeker van?' vroeg ik sullig.
Elien lachte. Voor het eerst week de grauwe schijn van haar gezicht. Haar mondhoeken trokken uiteen en haar witte tanden glinsterden. Het was alsof het licht van de zon haar overrompelde.
'Hoe moet ik dat bewijzen?' schaterde ze.
Toen lachte ik ook.
De gids stopte met zijn verhaal. Zijn ogen zochten iets wat hij niet direct kon vinden.
'Kom', zei Elien. 'Papa heeft er een hekel aan als ik achter zijn rug met vreemden praat. We gaan een beetje dichter bij hem staan.'
'Ben ik een vreemde?'
'Een beetje. Ik weet nog niet zoveel van jou. En hij zeker niet.'
'Dat komt nog.'
'Misschien.'
'Ik hoop dat u genoten heeft van de rondleiding. Voor wie wil, is er nu een gratis consumptie in de cafetaria.'
'Kom', zei Elien. 'Ik stel je voor.'

De man bekeek me met een natuurlijke achterdocht. Zijn felgroene ogen zochten niet echt contact. Zijn blik gleed langs mij heen alsof zijn gedachten al verder peilden. Hij zocht iets achter mij, iets dat slechts vaag wat met mij te maken had. Het was een mengeling van bezorgdheid en angst.
'Waar woon jij?' kraste hij.
'In de Guido Gezellelaan.'

'Kennen jullie elkaar al lang?'
Ik stond sprakeloos. Kennen? Een halfuur geleden wist ik niet eens haar naam en toch had ik het gevoel dat ik haar al jaren kende. Hoe kon ik dat uitleggen? Hulpeloos zocht mijn blik die van Elien. Ze glimlachte spottend, maar kwam me toen toch te hulp.
'De zus van Koen zit bij mij op school', legde Elien uit. 'Ze zei dat haar broer voor school een werkstuk moest maken over het Fort.... Daarom vertelde ik haar van de open dagen. Koen komt alvast even een kijkje nemen.'
Haar vader knikte peinzend.
'Dat had je beter van tevoren kunnen zeggen', zei hij.
'Waarom?'
'Dan had ik wat documentatie meegebracht. Er bestaan een drietal publicaties van de vriendenkring van het Fort. En thuis heb ik een heleboel persoonlijke aantekeningen.'
'Ik wist niet dat Koen zou komen. Misschien kan hij op een avond bij ons thuis...'
Elien slikte de rest van haar woorden in. Ze zag dat ik schrok. Bij haar thuis? Nu al? Tot mijn verwondering vond haar vader het best een goed idee.
'Kom maar eens langs', stelde hij voor. 'Neem me nu niet kwalijk, maar ik moet naar de kantine. Er zijn altijd mensen die aanvullende informatie willen.'
Hij liep door, maar toen Elien en ik niet direct aanstalten maakten om hem te volgen, keerde hij zich om.
'Kom je, Elien?'
'Ja, ja, ik kom.'

Zwijgend liepen we naar de uitgang. Haar foto, dacht ik. Zou ik haar foto durven vragen? Misschien later... Niet te hard van stapel lopen.
'Mag ik je straks thuisbrengen?' vroeg ik. Even nog dacht ik aan het voetbal, maar Witte en zijn hele ploeg hadden elke aantrekkingskracht verloren.
'Dat kan niet. Ik moet met papa mee.'
'We kunnen het hem vragen.'
'Het is te vroeg. Ik zie je morgen na school bij de snackbar.'
'Ga je morgenavond mee? Ik ga naar mijn tante Lut op kraamvisite. Ik weet zeker dat ze het goed vindt als je meekomt.'
'Papa wil niet dat ik 's avonds alleen de deur uitga.'

'Ha, Koen! Hoe is het, kerel? Is de jacht geslaagd?' grinnikte Witte.
Uit het gegniffel van de anderen maakte ik op dat hij al had geroddeld. Daarom hield ik me van de domme.
'Wat bedoel je?'
'De meisjes man, de meisjes... Heb je haar al gevraagd?'
Ik voelde de woede aan mijn maag kriebelen. Ik zou me wel twee keer bedenken voor ik hem nog eens in vertrouwen nam. Het was dom van me geweest hem te negeren. Ik had het kunnen weten. Als ik hem, zoals iedereen, had gefeliciteerd, was er nu geen vuiltje aan de lucht geweest.
'Pff... meisjes', deed ik luchtig, met de valse hoop dat hij van onderwerp zou veranderen.

'Je moet nu niet terugkrabbelen, vent. Het staat op je gezicht te lezen dat je verliefd bent.'
Zijn spottende ogen dreven me in het nauw, maar hij hoefde niet te denken dat hij zich zomaar alles kon veroorloven omdat hij twee goals had gescoord!
'En wat zou dat?' zei ik agressief.
'Zie je wel, je geeft het toe.'
'Ik geef niets toe, je probeert gewoon met leugens aan de waarheid te komen.'
'Oei, oei, Koentje wordt boos. Kom op, zand erover, wat vond je van de wedstrijd?'
Daar heb je hem, dacht ik. Een valstrik. Het had geen zin komedie te spelen.
'Ik was veel te laat. Ik heb horen zeggen dat je er twee gemaakt hebt.'
De gelukwensen die achteraan op mijn tong gereed lagen, bleven aan mijn lippen plakken.
'Jammer', mompelde Witte. 'Soms moet je kiezen, hè.'
De hilariteit steeg opnieuw ten top en ik was blij dat de schoolbel een eind maakte aan de situatie.

vijf

Mama's kwaal begon een paar jaar geleden. In haar ogen zweefden doffe nevelslierten en haar mond was tot een masker vertrokken. Ze lachte niet, ze huilde niet. Haar eten liet ze onaangeroerd en na enkele weken werd haar huid mat en doorschijnend. Haar jukbeenderen puilden steeds verder uit, waardoor haar gezicht meer en meer op een karikatuur ging lijken. Als ik haar iets vertelde, sloot ze haar ogen, kroop diep weg in zichzelf en maakte zich onbereikbaar. Mijn woorden ketsten af op een ondoordringbaar pantser.
Mama kwam de deur niet meer uit, mensen maakten haar bang.
Op een avond kwam de dokter. Ik had de dwergkonijntjes gevoerd, de kamerplanten verzorgd, de vaat gedaan en boodschappen gehaald. Op Krisje hoefde ik hiervoor niet te rekenen. En papa kwam nooit voor acht uur thuis. Zo was het al over zevenen voor ik aan mijn huiswerk kon beginnen.

Meester Vic was best een aardige man, maar hij was dol op huiswerk. Met zijn opdrachten waren we altijd gauw een paar uurtjes zoet.
Ik was nog volop aan het werken aan een documentatiemap over inheemse zoogdieren toen de dokter arriveerde. Hij had opvallend korte benen en zijn haar stond recht overeind. Zijn buikje wiebelde goedgemutst. De gelijkenis met het hangbuikzwijntje op het plaatje dat ik even daarvoor in mijn map had geplakt, was te frappant om niet op te merken. Hij zwaaide met zijn bollige tas en bromde goedenavond.
'Ga maar naar je kamer, Elien', zei papa.
Ik aarzelde en wilde protesteren. Om allerlei klussen op te knappen was ik oud genoeg, maar nu stuurde hij me zomaar weg. Ik was toch geen kind meer, ik wilde ook weten wat er met mama aan de hand was. Papa merkte mijn ergernis op.
'De dokter zal mama onderzoeken', zei hij vlug. 'Hij wil daarbij niet gestoord worden. Straks vertel ik je alles.'
Hij trok me tegen zich aan. Dat deed hij telkens als hij me duidelijk wilde maken dat ik zijn favoriet was. Veel meer dan Krisje. Zij was niet zo meegaand. Ze kwam te laat thuis, haalde slechte cijfers op school en speelde voetbal met de jongens in de straat. Als papa haar de les las, luisterde ze niet eens. Ze wachtte tot het onweer overwaaide en vroeg dan doodleuk of ze kon gaan spelen.
'Die kleine rebel heeft wat van jouw vader', zei papa op een dag tegen mama.
Toen werd mama heel boos.
'Als er hier wat misloopt, is het altijd mijn schuld', foeterde

ze en ze sloeg de keukendeur met een klap dicht.
Als mama en papa ruzieden, voelde ik me altijd ongemakkelijk. Ik vreesde dat ik op een dag partij zou moeten kiezen en dat zag ik niet zo zitten. Om mezelf af te reageren werd ik dikwijls boos op Krisje. Mijn zusje bekeek me dan met grote vraagogen, zich van geen kwaad bewust. Daardoor werd ik nog nijdiger. Of was ik alleen maar jaloers? Krisje was een doordrijver, ze kreeg meestal wat ze wilde. Mij lukte dat niet. Ik wilde ook wel eens 'nee' zeggen. Maar altijd was er dat fluisterende stemmetje: *Niet doen, wees een flinke meid. Papa en mama zijn er om van te houden, niet om ruzie mee te maken.*' Dat kon wel eens de echte reden zijn waarom papa meer van mij hield dan van Krisje. Bij mij kreeg hij *alles* gedaan.

Ik stond boven aan de trap te luisteren. De donkere basstem van de dokter bromde onverstaanbare woorden. Tussendoor vielen er lange pauzes.
'Nee, nee!' schreeuwde mama plots.
Het was de schreeuw van iemand die heel bang is.
Bijna onmiddellijk klonken er sussende woorden. Toch rende ik de trap af.
'Wat is er?' gilde ik.
'Niks, meisje, geen paniek', bromde de dokter.
Mama leunde half ontkleed en met een opgewonden, rood gezicht tegen het lage dressoir. De dokter nam vastberaden haar arm en gaf haar een prik.

'Je zult nu wel rustig kunnen slapen', probeerde hij haar gerust te stellen.
Papa bracht haar naar bed. Voor ze de trap opging, keek ze me aan. In haar ogen zag ik een witgloeiende angst. Ik trilde.
'Mama is ernstig ziek. Ze moet naar het ziekenhuis', zei papa nadat hij de dokter had uitgelaten.
'Wanneer?'
Hij schokschouderde hulpeloos.
'Ze wil niet. Zonder haar toestemming kunnen we niets beginnen.'
'Wil ze dan niet genezen?'
'Ze denkt dat ze er daar nog slechter aan toe is en dat wij het hier niet redden zonder haar.'
Ik voel de tranen nog prikken die toen in mijn ogen sprongen.
'Je moet niet huilen', suste papa. 'Ik zal er altijd voor je zijn.'
Hij nam een zakdoek en veegde mijn wangen droog.
Die nacht sliep ik nauwelijks en de volgende ochtend deed ik heel kribbig tegen Krisje. Ze was verdorie doodleuk door al die herrie heen geslapen.
Drie dagen later werd mama met de ambulance naar het ziekenhuis gebracht.

Wat is er eenvoudiger dan naar een loket te stappen, kort en zakelijk Amsterdam, Brussel of Parijs te zeggen, te betalen en dan onder te duiken in de stroom reizigers die zich door de catacomben van het station naar de treinen laat leiden? Geen geleuter, geen overbodige uitleg. *To the point!* Het stokpaardje van mevrouw Mertens: 'Geen gezever, meiden.

Niet rond de pot draaien. In wiskunde is het antwoord goed of fout. Wie teveel schrijft, bewijst alleen zijn onzekerheid.'
Ze zal opkijken als ik straks niet op school ben. Zonder bericht, zelfs geen telefoontje.
To the point, niks te veel, niks te weinig. Dat spreekt toch vanzelf! Natuurlijk, mevrouw, maar niet in een station om kwart voor vijf in de ochtend.

Ik blijf veilig geborgen in de kleine toiletruimte. Ik zit weer in de moederschoot. Het is er aardedonker. Rondom mij wiegt de stilte, slechts heel af en toe onderbroken door het geluid van klotsend water en in de verte voetstappen, gedempt door het omhulsel van een gezwollen buik. Niets of niemand kan mij deren, ik ben onzichtbaar. Tot iemand met roffelende nagels tegen de deur tikt en ik dwaas de ogen open.
'Bezet', zeg ik slaperig.
De vingers herhalen het geroffel op een volgende deur. Ik wacht. Iemand wast haar handen, de elektrische droger blaast grommend warme lucht, geldstukken rinkelen in het eenzame schaaltje van de afwezige toiletjuffrouw. Het wordt weer stil. Ik stap naar buiten. Op een grote vuilnisbak naast de deur is een sticker geplakt: *Opgeruimd staat netjes. Houd uw toilet schoon.* Meteen realiseer ik mij dat ik ben vergeten door te trekken.

Tussen twee gehelmde monteurs in geel werkpak en een treinconducteur met open jas en losgeknoopte das door loop ik naar het loket. Links en rechts flitst de elektronische informatie op voorbijschuivende lichtbalken en trillende monitors. Vanuit het kantoortje van de stationschef gluren twee paar ogen, mobieltje in de aanslag, de omgeving af. Ik maak me klein tussen verveelde, chipsverslindende en coladrinkende reizigers. Maak je niet druk, alles gaat goed, alles gaat goed, hamert het in mijn hoofd.

'I'll call you', zegt iemand naast mij.

Een jonge Afrikaanse vrouw met dreadlocks en een teddybeer op haar arm, glimlacht tevreden. Een man, ook een kleurling, kust haar op de wang, steekt daarna zijn handen diep in de zakken van zijn spijkerbroek en loopt weg. Hij kijkt niet meer om. Zoals Koen, denk ik even. Toch is dit anders. Het is een afscheid met een belofte, met een toekomst. Geen vlucht. *I'll call you.*

Het meisje kijkt de man na. Ze heeft een open gezicht en grote, witte ogen. Ik zie geen angst, geen wrevel, geen verwijt. Ze koestert de beer en ik voel vaag haar vreugde met zijn telefoontje in het vooruitzicht.

'Zegt u het maar.'

'Neem me niet kwalijk?'

'Waar wilt u naartoe?'Ik voel het bloed naar mijn wangen stijgen.

'Brugge, alstublieft.'

'Retour?'

'Enkele reis.'

De man achter het glas perst een geperforeerde glimlach door de kleine ronde gaatjes en schuift het treinbiljet door

de smalle gleuf. Ik betaal.
'Perron twee.'
'Dank u.'
Ik steek het wisselgeld in mijn zak en loop naar de trap. Zie je wel, niks aan de hand. Honderden mensen willen een kaartje. Waarom zou ik opvallen? Een zekere euforie maakt zich van mij meester. Nu kan me niets meer gebeuren. De trein in en... weg.
I'll call you! Koen heeft niet beloofd mij te bellen. Hoe kan hij ook? Mijn mobiel staat uit. Voor iedereen. Ik zou zelf kunnen bellen. Waarom zou ik? Als hij echt om me gaf, had hij me nooit laten vertrekken. In plaats van er op zijn fiets vandoor te gaan, had hij iets anders kunnen verzinnen.
Nee, Elien, je bent niet eerlijk. Jij bent het die vlucht, niet Koen.

'Ik wist dat je zou komen. Het wordt een mooie dag. Echt een dag om naar zee te gaan.'
Ook zonder hem te zien, herken ik de zonderling die daarstraks in het café zomaar zijn hand op mijn schouder legde en me liet schrikken.
'Gelukkig ben je nog op tijd. Ik dacht een ogenblik dat je je zou bedenken. Je zat je tijd te verprutsen in dat café.'
Ik draai me om en kijk hem in de ogen. Vriendelijke ogen, de ogen van papa... vroeger.
'We hebben nog tien minuten. Zin in koffie? Of iets anders? Water, cola, een cognac misschien?'
'Bent u gek?'

'Misschien... Cola dan maar?'
De man is een beetje gedrongen, rond en heeft een bijna onzichtbaar lachje om zijn mond. Hij loopt voor me uit en kijkt niet om. Hij *weet* dat ik volg.
Ik herken mezelf niet. Twee keer achter elkaar jaagt die kerel me de stuipen op het lijf en toch loop ik hem als een schoothondje achterna. Hij bestelt koffie en cola. In een hoek van de cafetaria tokkelt een overjarige hippie op een versleten gitaar.
'Je zult wel goede redenen hebben om thuis weg te lopen', zegt hij, terwijl zijn vinnige oogjes mijn reacties peilen.
'Waarom zegt u dat? Wie bent u?'
'Twee vragen tegelijk beantwoorden is moeilijk', monkelt de man.
Heel beheerst doet hij eerst een klontje suiker in zijn koffie, daarna een wolkje melk en tenslotte een tweede klontje suiker. Hij roert en blaast met getuite lippen rimpels in de koffie.
'Ik houd van zoet', zegt hij. 'Het is een van mijn dagelijkse zonden. Suiker is niet goed voor mij, zegt mijn dokter. Diabetes, zie je. Maar zeg nu zelf, wat is koffie zonder suiker? Jij houdt niet van koffie, denk ik.'
'Waarom denkt u dat?'
'Je liet hem koud worden.'
Hoelang heeft die kerel me begluurd? denk ik. En waarom? Hij antwoordt niet op mijn vragen, zit maar wat te lullen over het suikergehalte in zijn bloed. Wie of wat hij ook is, ik moet van hem af.
'Zo, daar knap je van op', zegt hij. 'Zullen we dan maar?'

'Hoezo?'
'Jij reist toch ook naar Brugge? We nemen dezelfde trein. We hebben nog vier minuten.'
'Waarom achtervolgt u mij?'
'Achtervolgen? Dat ik toevallig in hetzelfde café kom en dat je net voor mij een treinkaartje koopt naar Brugge, waar ik ook heen wil, betekent toch niet dat ik je bespied? We kunnen het ook omdraaien. Jij loopt me voor de voeten. Het noodlot misschien? Wat moet gebeuren, gebeurt, hoe hard je je er ook tegen verzet. Maar kom, als we allebei dezelfde kant op moeten, kunnen we net zo goed samen reizen. Wat zeg je daarvan?'
'Dat u gek bent', snauw ik.
'Het is niet netjes oudere mensen te beledigen', zegt hij zacht. Er glijdt een doffe schijn over zijn gezicht.
'Ik wil dat u me met rust laat.'
'Ik wilde alleen maar helpen.'
'Helpen? U maakt me bang.'
'Ik? Het zijn andere dingen die je bang maken. Misschien ben je alleen maar bang voor jezelf.'
Ik loop weg. Ik speel zijn spelletje niet langer mee. Als ik zorg dat ik de trein haal, ben ik van hem af. Ik geloof trouwens niet dat hij ook naar Brugge gaat. Nee, nee, die trein in en ik ben hem kwijt.
'Je tas', roept de man. 'Je hebt je tas vergeten.'
Woedend loop ik terug en pak mijn tas. De man staat glimlachend op.

Papa kwam laat thuis die avond. Zijn das hing los, zijn jas was doorweekt en zijn schoenen zaten onder de modder.
'Gaat het wel goed met mama?' vroeg ik bang.
'Met mama is alles oké. Ze doet jullie de groeten.'
'Waarom ben je dan zo laat? Je bent doorweekt.'
'Een lekke band. Terwijl ik hem verwisselde, spatte een voorbijrijdende vrachtwagen me helemaal onder.'
Hij hing zijn jas aan de zijkant van de radiator, nam een handdoek en wreef zijn haar droog.
'Waar is Krisje?' vroeg hij kort.
'Op de bank. Ze slaapt.'
'Ze had al in bed moeten liggen.'
'Ze wilde niet. Wanneer mogen we mee naar mama?'
'Volgende week. Dat heeft de dokter beloofd.'
'Als het maar waar is. Eerst moesten we vier weken wachten, toen nog eens twee en nu is het weer volgende week.'
'Ze is er nog niet klaar voor, zegt de dokter. Zo'n behandeling start altijd met een periode van afzondering. Ze moet weer naar jullie gaan verlangen. Ik zou veel liever...'
Papa legde een kille hand op mijn schouder. Toen hij merkte dat ik huiverde, trok hij hem snel terug.
'Sorry, het is koud buiten', verontschuldigde hij zich.
'Op tv zeggen ze dat het gaat sneeuwen.'
'Dan zijn ze er vroeg bij dit jaar. Het is pas november.'
Hij stak zijn handen tussen de gleuven van de radiator.
'Ik breng Krisje naar boven', zei hij. 'Is er nog koffie?'
'Vers gezet.'
'Mooi. Maak jij dan een boterham voor me klaar?'
'Ja.'

Papa slurpte van de hete koffie, bekeek de boterham, haalde de plak ham ertussenuit, at hem op, en nam daarna één hap van de boterham. Vervolgens legde hij hem weer op zijn bord.
'Ik heb geen honger', zei hij. Ik moest aan onze hond Sander denken. Hij viste ook altijd de vleesbrokjes uit zijn etensbak en liet de rest onaangeroerd. Op een ochtend lag hij plat op zijn buik op het gazon. Zijn poten wezen als doelloze wegwijzers alle kanten op. De miezerige regen deed zijn vacht als een kleverige brij samenklitten en kleurde hem modderig grijs in plaats van het normale zwart. Zijn anders zo rozerode tong, die zo lekker over je huid kon raspen, krulde als een bleek vraagteken uit zijn opengesperde bek.
'Ik haal een dekentje. Anders vat hij kou', stelde ik haastig voor.
'Sander is dood', zei mama.
'Dood? Waarom?'
Mama haalde hulpeloos haar schouders op.

'Je droomt', zei papa. 'Waaraan denk je?'
'Aan Sander.'
'Hoe kom je daarbij?'
'Misschien gaat mama ook dood en als jij je laat overrijden door een vrachtwagen, zitten wij hier helemaal alleen', zei ik simpel.
Weer legde papa een hand op mijn schouder. Een warme hand deze keer. Hij trok me tegen zich aan en ik voelde een lome geruststelling door mijn lijf gaan. Gelukkig was papa

er nog. Hij hield van mij. En ineens liepen er tranen over mijn wangen.
'Je moet niet huilen', zei hij. 'Alles komt goed.'

Het is opmerkelijk druk in de trein. Uiteindelijk vind ik toch nog een plaatsje bij het raam. Ik gooi mijn tas in het bagagerek en laat mijn blik in de richting van de cafetaria dwalen, maar een ijzeren paal belemmert het uitzicht. Ik probeer het raampje te openen. Een van de knijpklepjes hapert.
'Doe geen moeite, kind', smekt een oudere dame die schuin tegenover mij zit. 'Ik reis al vijftig jaar met de trein, maar die raampjes blijven een ramp.'
Ze vist met mollige vingers enkele pinda's uit een plastic zakje en stopt ze tussen haar gretige tanden. Terwijl ze knabbelt, lubberen haar hangwangen als kussentjes heen en weer.
'Ze hebben anders genoeg ingenieurs in dienst bij de spoorwegen', gaat ze onverstoorbaar verder, meer tegen zichzelf dan tegen mij. 'Vorige week las ik in de krant dat ze er nog vijftig nieuwe bij willen. Hopelijk zit er eentje bij die een systeem ontwerpt om die ramen op een normale manier te kunnen openen.'
Ze maalt een nieuwe pinda fijn en ik profiteer van de stilte om mijn tas weer uit het rek te halen. Als die man toch nog opdaagt, kan ik er zo vandoor. Nog twee minuten. De conducteur loopt heen en weer op het perron en kijkt beurtelings op zijn horloge en naar de grote klok tegen de

muur. Zijn pet staat recht op zijn hoofd en in zijn rechterhand blinkt een fluitje.
Nog steeds wil de spanning in mijn maag niet wijken.
'Jij bent te jong om het te weten, maar sinds de tijd van de houten ramen met die brede trekkleppen aan de onder- en bovenkant is er nauwelijks iets verbeterd. Je moet bijna gestudeerd hebben om het systeem te snappen. Dat zouden ze toch elektronisch moeten kunnen oplossen.'
Ik haal verontschuldigend mijn schouders op. Daarmee bedoel ik dat het me niet zoveel uitmaakt, maar zij interpreteert het gebaar als een aanmoediging en gaat onverstoorbaar verder met haar evaluatie van de spoorwegen.
'Anders moeten ze maar vaste ramen monteren en airconditioning installeren. Maar daarvoor zal wel geen geld zijn.'
Ik zit met mijn neus tegen het glas en besluit om, zodra de trein zich in beweging zet, een andere coupé te zoeken. Voorlopig wil ik het café in de gaten kunnen houden, om te zien wat die man doet. Waarschijnlijk heeft hij alleen maar gebluft en gaat hij helemaal niet naar de kust. Met zijn domme insinuaties! Nou ja, dom, hij had toch wel mooi in de gaten dat ik ervandoor ging.
'De Thalys en Europa mogen hopen geld kosten, maar ondertussen schaffen ze de plaatselijke stationnetjes af. Vroeger kon ik zo de trein in. Nu moet ik eerst tien minuten lopen naar de dichtstbijzijnde bushalte, en dan mee met een stinkende bus, die door de onooglijkste gaten rijdt, maar niet door mijn wijk. Die is niet rendabel. Alsof alles wat zij doen zo winstgevend is. En de heren ministers laten zich

afhalen met dikke limousines die onderweg het verkeer lamleggen. Als ze die eens verplichtten de bus te nemen, zouden ze misschien begrijpen wat ze ons aandoen.'
De conducteur steekt een arm in de lucht en blaast met bolle wangen op zijn fluit. De treindeuren puffen dicht en een lichte siddering deint door het treinstel. We rijden.

zes

In de twee weken die volgden, kreeg ik Elien drie keer te zien. De eerste keer regende het pijpenstelen. Ik stond in het donkere portaal van 'Bokado', de cadeauwinkel in de Hoogstraat. Het was een goede schuilplaats. Door het glas van de vooruitspringende etalage kon ik de straat overzien. Toen Elien kwam aangefietst, deed ik twee stappen vooruit. Ik hoopte dat ze me zou opmerken zonder dat ik hoefde te roepen. Het lukte. Ze leek verrast, aarzelde even en haar voorwiel zwenkte uit. Gelukkig herstelde ze zich voor ze haar evenwicht verloor. Ze stopte niet, maar net voor ze de schoolpoort door reed, zwaaide ze met haar arm als een renner die een wedstrijd wint. Er was geen tijd om terug te zwaaien.
De tweede keer was zo mogelijk nog vluchtiger. Ik moest voor mama een gebraden kip van de markt meebrengen. Terwijl ik mijn beurt afwachtte bij de kraam, werd er ineens een briefje in mijn hand gestopt. Ik keek verbouwereerd naar het papiertje.

'*Van Elien. Zomaar'* stond er. Ik keek op en zag haar nog net de Palingstraat indraaien. Grapjas, ze betaalde mij met een briefje terug! 's Avonds heb ik haar kattebelletje in mijn dagboek geplakt.

En toen, op een maandagavond, wachtte ze me op bij de snackbar met een bakje friet in de hand. Voor ik van mijn fiets stapte, begon ze al te praten.

'Proeven?' Ze hield het bakje met uitgestoken arm in mijn richting en door de nogal bruuske beweging vielen er enkele frieten op de grond.

'Voor de vogeltjes', lachte ze goedgehumeurd. 'Papa heeft je spullen klaarliggen', ging ze verder. 'Je kunt ze woensdagavond ophalen.'

Ze droeg een lange, strakke broek en sportschoenen van Adidas. In haar slobbertrui leek ze dikker dan ze was. Over de trui wapperde een blauwgeel regenjasje. Ze doopte haar friet in de mayonaise en knabbelde met zuinige lippen.

'Woensdagavond?' herhaalde ik sullig.

'Je komt toch?' vroeg ze vlug.

Er zat een zekere onrust in haar stem, alsof ze vreesde dat ik me had bedacht.

'Kan het niet eerder?'

'Wat bedoel je?'

'Aan het eind van de middag of zo...'

'Waarom?'

Ze nam plaats op de bank naast de snackbar, zette het frietbakje naast zich en nodigde me uit om ook te gaan zitten.

'Eet maar', zei ze. 'Veel te veel voor mij. Ik moet opletten met vet eten. Van vet en chocolade krijg ik puistjes.'
Ik bekeek haar ongelovig. Ze had een gaaf gezicht en voor zover ik kon zien geen enkel puistje.
'Kun je 's avonds niet komen?' nam ze de draad van het gesprek weer op.
'Dat is het niet. Maar 's middags...'
'Papa is er niet overdag. Hij wil je die dingen persoonlijk overhandigen.'
'Is dat zo belangrijk? Als jij me nu...'
'Hij staat erop.'
'Dan moet ik maar een nieuwe smoes bedenken. In feite kunnen heel dat Fort en dat nostalgische militaire gedoe me geen moer schelen. Het enige wat me interesseert, is met je te praten, je beter te leren kennen. Als ik thuis zeg dat ik een werkstuk maak over die betonnen bunker, willen ze natuurlijk ook het resultaat daarvan zien. En sorry, maar ik ben niet van plan om zomaar voor de lol een werkstuk te schrijven over het Fort.'
Het klonk harder dan ik het in werkelijkheid bedoelde. Maar ja, ik was gewoon boos. Al twee weken probeerde ik haar te zien, maar ze liet me wachten tot het haar goed uitkwam om met mij een afspraak te maken.
Er gleed een schaduw over haar gezicht. Ik kreeg al spijt van mijn opmerking.
'Misschien leer je me nog het beste kennen door met papa te praten', mompelde ze met haar mond vol.
'Neem me niet kwalijk, ik bedoelde het niet zo...'

Ik pakte haar hand vast maar ze trok hem terug.
'Je bent niet lief', zei ze met ingehouden adem.
'Jij wel? Twee weken lang verstop je je, ben je onbereikbaar en dan moet ik ineens klaarstaan.'
Nu verdween ook de laatste twinkeling uit haar ogen. Ik wilde haar geen pijn doen, maar het was sterker dan ik. Ik zei iets heel anders dan wat ik dagelijks in mijn dagboek schreef of waarvan ik 's avonds droomde in bed.
'Je begrijpt het niet, Koen', zei ze.
'Wat begrijp ik niet?'
'Sommige dingen heb je niet in de hand. Je moet me de tijd geven. Als dat niet lukt, wordt het nooit iets tussen ons.'
'Je hebt gelijk, ik begrijp je niet.'
Elien schrok van mijn rauwe stem. Ze knipperde met haar ogen en maakte aanstalten om te vertrekken.
'En wanneer krijg ik je foto?'
'Later, of misschien ook niet', klonk het koel. 'Je maakt voor jezelf maar uit of je woensdag komt of niet.'
Ze gooide de rest van haar friet in de afvalbak, sprong op haar fiets en reed weg. Haar regenjasje wapperde als een vlag in haar kielzog.
Ik wilde haar achterna gaan, maar bijna tegelijk besefte ik dat het geen enkele zin had. Ik had het hopeloos verprutst. Misschien had ze inderdaad een reden en begreep ik het echt niet.
De geur van het hete frituurvet sloeg in walmen naar buiten, telkens als iemand de klapdeurtjes openduwde. Mijn maag protesteerde. Dat herinnerde me aan de kleedkamers van de

gymzaal, waar de bedorven lucht van okselzweet en lauw ondergoed, die door opeenvolgende generaties scholieren tussen de kieren en spleten in de houten lambrisering was achtergelaten, me telkens van op meters afstand misselijk maakte.

Een tijdlang bleef ik besluiteloos op de bank zitten. Ik had er een zootje van gemaakt. Ik was blij verrast geweest dat Elien op mij wachtte. Waarom moest ik haar dan zonodig op stang jagen? Tenslotte deed ze mij geen enkele belofte. Ik mocht bij haar thuis documentatie ophalen over het Fort. Dat was de afspraak. Het duurde een tijdje voor het zover was, maar toen ze me dan uiteindelijk toch uitnodigde, kon ik alleen maar vervelend doen, als een kleuter die te lang op zijn snoepje heeft moet wachten.

Ik sprong op mijn fiets en trapte flink door. De wind suisde om mijn oren, maar de stank van het vet en het stof van de kleedkamers bleven in mijn neus hangen. Mijn gedachten dwaalden af naar Van de Walle, mijn gymleraar.

Op een of andere manier kreeg ik van hem altijd meer dan voldoende aandacht. Als er iets nieuws op het programma stond, kon je er zeker van zijn dat ik een van de eersten was die aan de beurt kwam. Het waarom ontging mij: ik was niet goed in koprollen of sprongen over het paard, maar ik was ook geen hark. Alleen aan touwklimmen had ik een broertje dood. Met de beste wil van de wereld kwam ik geen meter omhoog. Het touw gleed als een aal tussen mijn verkrampte voeten door en mijn armen hadden de kracht niet om mijn gewicht omhoog te trekken.

'Je leert het nooit, Koen', sakkerde Van de Walle tijdens een van de lessen. 'Je moet met je voeten een lus in het touw leggen waarop je kunt steunen.'
Nou ja, dat was gemakkelijker gezegd dan gedaan. Hij had het al honderd keer uitgelegd, maar de praktijk was andere koek.
'Wie doet het hem nog eens voor?'
Als een verstrooide professor gluurde Van de Walle over zijn bril. Witte hoefde niet aangespoord te worden.
Als een aap klauterde hij langs het wiebelende touw omhoog, keek triomfantelijk rond als een trapezeartiest en liet zich weer met korte schokjes omlaag glijden. De dikke knoop aan de onderkant van het touw danste als een harlekijn boven de vloer.
'Gezien, Koen? Nu jij, vooruit.'
Vergeefse moeite natuurlijk. Wat kon het mij ook schelen. Ik zag er het nut niet van in om langs zo'n touw omhoog te klauteren. Waarom hadden ze anders ladders en trappen uitgevonden?

De vader van Elien stond me op te wachten, denk ik. Mijn vinger rustte nog op de bel toen de deur al op een kier openging. Twee groene ogen als die van een kat in de koplampen van een voorbijrijdende auto, wipten als een springveer omhoog en omlaag. Ik voelde ze haast letterlijk van mijn hoofd naar mijn voeten glijden en weer terug.
'Dag meneer, ik ben Koen', zei ik snel, om mezelf te beletten rechtsomkeert te maken.

De deur ging piepend verder open en de ogen bleven kijken, hoewel de groene schijn afzwakte naarmate er meer licht in viel.
'Kom binnen', knarste de man zonder zijn lippen te bewegen.
'Heb je het goed kunnen vinden?'
'Elien heeft het me uitgelegd.'
'Juist, Elien, ja...'
De man stak zijn hand uit.
'Ik heet Alex', mompelde hij.
Zijn hand voelde klammig aan, bijna kleverig, alsof hij ze twee dagen niet had gewassen. Over zijn onberispelijk gesteven hemd en de frivole, geelrode das, die helemaal niet bij hem leek te passen, droeg hij een korte kamerjas, waarvan de mouwen waren omgeslagen.
Tussen zijn ring- en middelvinger zat een bruine pukkel.
Ik stapte binnen in de halfduistere hal en moest denken aan wat mama gezegd had.

'Steek je hemd in je broek en kam je haar', zei ze. 'Dat zijn nette mensen.'
'Ken je hen?' schrok ik.
Mama stond met haar jas op de arm voor het raam en wachtte op papa, die haar zou oppikken voor een uitje met een stel vrienden. Omdat ze het zo druk had met zichzelf keek ze me nauwelijks aan en dat kwam mij goed uit.
'Natuurlijk ken ik hen. Enfin, de vader dan. Dat meisje heb ik ook al eens gezien, maar zijn vrouw niet.'
'Ze is ziek.'

'Je bent blijkbaar goed op de hoogte.'
'Elien vertelde het me', bloosde ik. Gelukkig keek mama naar zichzelf in de weerspiegeling van het raam en kamde met gespreide vingers door haar haar.
'Die meneer Goetschouwers werkt op de bank. Een fijne meneer, zegt niet veel maar is erg behulpzaam. Mooipraters zijn niet altijd de beste bedienden', ging ze verder. 'Je moet daar niet de hele avond blijven zitten, Koen.'
'Waarom zeg je dat?'
'Als die vrouw ziek is, zal meneer Goetschouwers nog wel wat anders te doen hebben dan verhaaltjes over het Fort te vertellen.'
'Ik heb er niet om gevraagd. Hij heeft me zelf uitgenodigd.'
'Dat wil niks zeggen. Die man wil natuurlijk beleefd blijven. Eigenlijk snap ik nog altijd niet waarom jij je nu ineens voor dat militaire gedoe interesseert. Vorige maand liep je nog mee in die vredesmars.'
'Juist daarom.'
'Hoezo?'
'De Lange zegt dat we moeten leren van het verleden.'
'Nou, als die het zegt!'
Uit haar reactie kon ik opmaken dat ze niet veel ophad met deze leraar.

Ik moet al een tijdje naar de foto achteraan in de hal hebben staan kijken zonder dat ik het zelf besefte, want toen Alex me vroeg of ik hem mooi vond, wist ik eerst niet waarover hij het had.

Een klein meisje van een jaar of acht zat naakt op de rug van een zilvergrijs paard. Haar blonde haren wapperden als de staart van een komeet achter haar hoofd. Ze galoppeerden in de richting van een pantservoertuig dat met dreigende loop naar de hemel wees, te midden van een goudgeel korenveld. Paard en kind werden vanaf de zijmuur gevangen in het gebundelde licht van een heldere spot. Ik deed een stap vooruit, maar nog in mijn beweging stokte ik. Zoals bij een dressuurpaard zweefde mijn been twee tellen in de lucht voor ik het met een houterige beweging weer op de grond plaatste.

'Ze heeft geen gezicht', zei ik onthutst.

'Dat hoeft ook niet. Alleen de boodschap telt, niet de boodschapper.'

Ik knikte een beetje sullig.

'In mijn vrije tijd ben ik fotograaf, Koen, en ik hou van contrasten. Onze wereld zit vol tegenstrijdigheden. De kwetsbaarheid van een kind, de vruchtbaarheid van het koren en de domme kracht van een kanon. Mooi, vind je niet?'

'Ja', zei ik, hoewel ik helemaal niet begreep wat er mooi was aan een gezicht zonder uitdrukking, zonder emoties. Het deed me denken aan een televisie zonder beeld, met slechts het geluid verweesd op de achtergrond. Of kreeg de hele foto juist daardoor zijn echte dimensie, de reden van zijn bestaan? Was het de bedoeling van Alex geweest om het gezicht weg te gummen, de ogen blind te maken? Ogen verraden vreugde, angst, verwondering, ongeloof. Veel meer dan een frêle lichaam of de absurde loop van een

kanon. Mochten die gevoelens niet spreken, moesten ze enkel worden geraden?
'Neem me niet kwalijk', zei Alex. Hij duwde de voordeur, die nog altijd op een kier stond, dicht met zijn voet en nam me bij de arm. 'Je komt niet voor mijn foto's. Dat is voor een andere keer misschien. Je documentatie ligt in de huiskamer. Je hebt vast niet veel tijd.'
'Nee', hoorde ik mezelf zeggen. 'Mama heeft me gewaarschuwd.'
Alex stond plotseling stil. Hij draaide zich een kwartslag in mijn richting, zodat de achterzijde van zijn hoofd gevangen werd in het licht dat uit de huiskamer in de hal viel en de voorkant in de schaduw bleef. *Een man zonder gezicht*, dacht ik onwillekeurig. Zoals het meisje op de foto.
'Gewaarschuwd? Waarvoor?' klonk het krassend uit de onzichtbare mond.
'Mama zei dat ik niet te lang mocht wegblijven. Meneer Goetschouwers heeft vast nog andere dingen aan zijn hoofd, zei ze.'
'Ha', zei Alex. Hij trok de deur van de huiskamer verder open en hij kreeg weer een gezicht. Ik dacht aan een standbeeld dat plots levend wordt. Hij glimlachte raadselachtig.

De huiskamer was sober ingericht, bijna leeg. Uit de vier hoeken wierpen evenveel spots kruisende lichtbundels op foto's die aan de tegenovergestelde wanden waren opgehangen. De kamer kreeg er iets ruimtelijks door, iets futuristisch, als in een sciencefictionfilm. Op elke foto dook het silhouet van het meisje op in wisselende gedaantes en groottes. Hier hing ze, steunend op haar armen, door een raam, daar staarde ze naar de top van een kerk met een afgeplatte toren, verderop hing ze aan de slinger van een enorme klok en op de laatste foto zat ze voorovergebogen, haar armen op de rug gebonden, in het stro. Een paard besnuffelde haar hoofd.

Ik voelde me steeds minder op mijn gemak. Die foto's vertelden een verhaal dat ik niet begreep.

'Is Elien er niet?' vroeg ik zonder nadenken.

'Ze komt straks wel', zei Alex, terwijl hij me een stoel aanbood. 'Hier is een beschrijving van de rondleiding: schootsbureel, commandopost, kazematten met automatische vuurwapens, troepenkamers, ziekenboeg, het kantoor van de betaalmeester, de gerestaureerde tolbrug. Heb je die al gezien?'

Ik schudde het hoofd.

'Dan moet je nog maar eens terugkomen. Ik zal ze je laten zien. In de middeleeuwen hadden de burchten hangbruggen die 's avonds of als de vijand in zicht was werden opgehaald. Het Fort is uitgerust met een schuifbrug. Het is een heel ingenieus systeem, waardoor de brug naast de ingang in een zijkamer wordt gerold.' De stem van Alex kreeg gaandeweg opnieuw die holle, theatrale klank die me ook in het Fort al was opgevallen. Mijn aandacht verzwakte. Waarom was Elien er niet? Ze had er zo op aangedrongen dat ik 's avonds zou komen. Misschien wilde ze me laten voelen dat zij ook nukkig kon doen.

'Luister je nog, Koen?'

‘Neem me niet kwalijk’, bloosde ik.
‘In dit boekje vind je de geschiedenis van het Fort en de beschrijving van de vestingbouw. En hier wordt de betekenis van het Fort in de totale Fortengordel uit de Eerste Wereldoorlog uit de doeken gedaan. Als je dat allemaal doorleest, heb je stof genoeg voor twee of drie werkstukken. Hoeveel bladzijden denk je te schrijven?’
‘Schrijven?’
‘Ik veronderstel dat je je werkstuk toch uitschrijft’, zei hij koel.
‘Ja, ja, natuurlijk.’
‘Mooi zo, laat het me maar eens lezen als je klaar bent.’
Ik keek Alex aan maar zag hem niet. Alsof iemand een of andere sluis had opengedraaid, spoelden de uitvluchten als een waterval door mijn hoofd. Maar ik zocht te gejaagd, te ondoordacht en verdwaalde in een rivier van tegenstrijdigheden. Ten slotte zat er niets anders op dan hem te beloven dat ik hem mijn werkstuk zou voorleggen. Zo’n ramp is dat nu ook weer niet, suste ik mezelf. Ik klad vlug enkele pagina’s vol en klaar is Kees. Als ik over een paar dagen terugkom, krijg ik Elien misschien wel te zien.
Op dat moment vloog de keukendeur open. Een meisje van een jaar of acht stormde de kamer in.
‘Krisje, kom hier! Papa heeft gezegd...’
Ik herkende de stem van Elien onmiddellijk.
Krisje luisterde niet. Ze rende naar Alex, die haar met een onbewogen gezicht opwachtte. Even leek het erop dat hij haar zou terugsturen. Maar toen ontdooiden zijn ogen en in zijn mondhoeken tekende zich een flauwe glimlach.

'Als er bezoek is, zeggen we eerst goedendag', zei hij.
Zijn stem klonk onverwacht rustig. Hij bleef Krisje aanstaren alsof hij haar met zijn ogen wilde dwingen. Het meisje bewoog niet eens. Er viel een onbehaaglijke stilte die me deed denken aan het moment tussen een bliksemflits en het geroffel van de donder. Gelukkig redde Elien de situatie.
'Dag, Koen', zong ze terwijl ze me de hand schudde.
Plots leek Krisje te ontwaken. Ze keek me aan met grote ogen die haast uit de kassen sprongen.
'Ben jij Koen?' krijste ze opgewonden.
' Ja, hoezo?'
' Dan ben jij het liefje van Elien', lachte ze.
Met haar simpele mededeling zette Krisje de tijd stil. Ik voelde het bloed als vloeibaar lood naar mijn benen zakken en Eliens gezicht werd vuurrood.
Alex verroerde zich niet.

Ik weet niet wie er het eerst zijn stem terugvond, maar toen ik vijf minuten later weer buiten stond, herinnerde ik me niet dat ik Elien nog had gegroet of dat ik Alex had bedankt voor de documentatie. Er dansten honderden naakte meisjes met me mee toen ik naar huis fietste. Kleine meisjes, grotere meisjes met prille borsten, magere met dikke hongerbuikjes, gele met hun haar in een staartje, uitgemergelde meisjes van wie ik de ribben kon tellen. Eén ding hadden ze allemaal gemeen: het waren meisjes zonder gezicht.

zeven

Met een slakkengangetje rijdt de trein het station uit. De wielen protesteren knarsend als sporen en wissels hen in de juiste richting dwingen. Het geluid schraapt mijn hoofd leeg en maakt mijn hart gevoelloos als steen. Zelfs een eerste zonnestraal, die schuw naar binnen sluipt en de slonzige dame tegenover mij één tel opsmukt, kan de kille leegte niet vullen. Ik zou trots moeten zijn! Ik heb het aangedurfd hem te tarten en of hij dat nu al weet of niet, dat maakt niets uit. Ik ben ervandoor! En toch ben ik niet opgelucht. Mijn armen en benen staan gespannen als te hard opgeblazen ballonnen. Ik wil ze doorprikken, maar ik weet niet hoe ik het moet aanpakken.

Ook de euforie die zich even van me meester had gemaakt omdat ik erin geslaagd was dat vervelende mannetje met zijn gekke hoed van me af te schudden, had niet lang geduurd. Het was niet meer geweest dan een bliksemflits in een nachtelijke hemel. Na zo'n flits lijkt het altijd donkerder dan daarvoor.

We verlaten de stad, de eerste koeien staren in ontroerende verbondenheid naar onze trein. Ik zou moeten lachen om hun grote, donkere ogen, maar mijn mond blijft strak als een snaar. Zonder na te denken sta ik op, neem mijn tas en zoek struikelend mijn weg naar een andere coupé.
'Denk maar niet dat het hiernaast beter is', grijnst de pindavretende dame, terwijl ze zich haast om mijn plekje bij het raam in te pikken. Ik sla geen acht op de spottende toon in haar stem.
Ze krijgt gelijk. De volgende coupé is zo mogelijk nog voller. De enige vrije plaats bevindt zich pal naast het toilet. Omdat de trein al aanstalten maakt om in het volgende station een nieuwe lading reizigers op te pikken, ga ik haastig zitten. Het meisje naast mij leest met gretige ogen een boulevardblaadje. Ze kauwt kauwgom. Ik denk aan het pakje Marlboro dat onaangeroerd in mijn tas zit.
Het meisje kijkt me aan. Er zit iets dromerigs in haar donkere ogen. Ze is een paar jaar ouder dan ik, maar ergens voel ik een zekere verbondenheid. Ze draagt een broek die strak om haar billen zit en sterk contrasteert met haar gele bloes en gele schoenen. Op haar linkerarm staat een naam getatoeëerd die ik niet kan lezen.

Na een korte stop komt de trein weer schokkend op gang. De bermen naast de spoorlijn worden hoger. De voorbijflitsende huizen worden aan het zicht onttrokken. Het wordt donkerder. Mijn wereld wordt ingeperkt. Een enkele boomkruin die nog boven de berm uittorent, geeft aan dat er zich

buiten deze trein nog een ander leven afspeelt, een leven waarvan ik nu geen deel meer uitmaak. Dan is het ineens volslagen donker in de trein. Ik schrik.
'Wat gebeurt er?' hoor ik mezelf vragen.
'De tunnel', zegt het meisje naast mij. 'Het is niet de eerste keer dat ze vergeten de lichten aan te doen.'
De werkkamer! Zelfs hier zit ik gevangen. Ik kan niet meer terug. Ik wacht op handen die als gluiperige tentakels over mijn lijf kruipen.

'Je hebt het koud', zei papa.
We waren net terug uit het ziekenhuis en Krisje was al naar bed.
Hij legde een hand op mijn schouder en liet hem langzaam op en neer glijden. Af en toe stokte hij. Zonder er veel aandacht aan te schenken, voelde ik hoe zijn vingers verkrampten en weer ontspanden.
'Komt het nog wel goed met mama?' vroeg ik. 'Ze leek me niet eens te kennen.'
'Wie weet', zuchtte papa. 'De dokters weten er ook geen raad mee. "Uw vrouw leeft in een andere wereld, meneer Goetschouwers", zeggen ze. "Ze gebruikt dezelfde dingen, ziet dezelfde beelden, heeft dezelfde gevoelens als wij, maar door een defect in haar hoofd gaat ze al die dingen anders ordenen. Voor haar is dat werkelijkheid, maar voor ons wordt het een raadsel. Het lijkt op een puzzel. Stukje voor stukje moeten we die in elkaar zien te passen. Zolang wij het plaatje niet volledig hebben, kunnen we haar niet helpen." '

‘Hoe komt dat dan? Waardoor is ze ziek geworden?’
‘Als we dat wisten, waren we al een heel eind verder. De dokters zeggen dat er iets gebeurd moet zijn waardoor er in haar hoofd een kortsluiting ontstaan is.’
‘Weet jij dat dan niet? Jij kent haar al zo lang.’
‘Als het zo eenvoudig was!’
Papa boog zich voorover en kuste me op mijn voorhoofd.
‘Gelukkig heb ik jou nog’, stamelde hij. ‘Je kunt beter gaan slapen, je zult wel moe zijn.’
Hij stond op, liep de trap op en kwam even later terug met mijn nachtpon.
‘Ik zal ‘m even opwarmen’, zei hij, terwijl hij de pon tegen de radiator drukte.
Zijn bezorgdheid ontroerde me. Niet hij moest zich gelukkig prijzen omdat hij mij nog had, ik was het die blij moest zijn dat hij zo goed voor ons zorgde.
Ik nam de nachtpon en kuste hem goedenacht. Zijn baardstoppels prikten.
‘Het is koud boven’, zei hij. ‘Je kunt je beter hier omkleden.’
Er zat een eigenaardige trilling in zijn stem die ik nooit eerder had opgemerkt. Ik aarzelde. Natuurlijk was hij mijn papa, maar het was al een hele tijd geleden dat ik me in zijn aanwezigheid had omgekleed. Voor Krisje was het de normaalste zaak van de wereld, maar ik was geen kind meer.
‘Je hoeft je niet te schamen’, lachte papa. ‘Gisteren was je nog een hummeltje dat bij mij in bad kroop en nu durf je je al niet meer om te kleden terwijl ik naar je kijk.’

Hij vergiste zich. Het was niet de schaamte die me weerhield. Het waren zijn ogen. Ze gleden over mijn lichaam, ik voelde ze haast aan den lijve haperen aan mijn borsten. Het was niet langer de onschuldige, geamuseerde blik van vroeger, er zat een gretigheid in die ik niet kende en die me onrustig maakte.
'Je wordt een hele meid', zei hij droog.
Die opmerking kwetste me. Ik was geen meid, ik was zijn dochter.
'Ik kleed me boven wel uit', zei ik haastig.
'Zoals je wilt. Ik kom straks nog even kijken. Welterusten.'
'Welterusten, papa.'

Het bleef koud. Mijn voeten waren als ijsklompen en ik voelde me rillerig. Ik dacht aan mama. Zelfs als ze niets zou zeggen, als ze daar maar zat of knorrige bevelen snauwde, wilde ik dat ze terugkwam. Ik miste haar.
Had ik dan toch geslapen?
Plotseling zat ik rechtop en knipte het licht aan. Krisje stond aan de rand van mijn bed en knipperde met haar slaperige oogjes.
'Ik moet plassen', klaagde ze.
'Ga dan naar het toilet. Je drinkt teveel voor je naar bed gaat.'
'Ik kan mijn pantoffels niet vinden.'
'Kijk onder je bed. En schiet op, want ik wil slapen.'
Krisje slofte nukkig heen en weer naar het toilet op de gang en klauterde daarna morrend weer in bed. Ik bleef wakker. Het was halfvier. Verdwaasd luisterde ik naar het geronk

van de weinige auto's die voorbijreden. Gespannen volgde ik de lichtstreep van de koplampen door het raam. De streep verbreedde zich snel tot een brede balk, slingerde met een zwaai door de kamer en versmolt langs de andere kant in het niets. Daarna was er opnieuw stilte, duisternis.
De deur van de kamer ging langzaam open en het silhouet van papa tekende zich af tegen het licht op de gang.
'Slaap je?' fluisterde papa.
'Krisje heeft me wakker gemaakt.'
De hand van papa tastte onder de dekens naar mijn voeten.
'IJsklompen', constateerde hij bezorgd. 'Hier, trek die wollen sokken aan. Steek je voeten eens naar buiten.'
Tegen zoveel bezorgdheid was ik niet opgewassen. Twee warme handen omsloten mijn verkilde voeten. Het voelde prettig aan. Papa trok de kousen op tot onder mijn knieën en liet zijn handen daar rusten.
'Kom mee naar mijn *werkkamer*. Daar is het lekker warm, ik zal een glas chocolade voor je maken.'
Ik geloofde mijn oren niet. De *werkkamer* was verboden terrein. Daar mochten we nooit naar binnen. Papa speelde er met foto's en films. De kamer stond volgepropt met computers, printers, dvd's, projectoren en meer van die dingen. Wat hij er precies uitspookte wist niemand. Het was vast iets heel belangrijks. Anders zou hij er niet zo geheimzinnig over doen.
De *werkkamer* was niet alleen maar een bron van nieuwsgierigheid, ze boezemde me ook een zekere angst in. Iets onbekends heeft me altijd al afgeschrikt. Misschien heeft

het daardoor zo lang geduurd voor ik ervandoor ging.
Daarom zei ik: 'we kunnen ook naar de huiskamer.'
'De *werkkamer* is beter', zei papa. 'We kunnen er praten en tv-kijken zonder Krisje te wekken. En het is er warmer.
Hij wachtte niet langer op mijn instemming maar haalde de dekens van mijn bed en sloeg er een over mijn schouders. Daarna duwde hij me zachtjes de gang op.
Hij stak zijn sleutel in het slot en de deur draaide geluidloos open en weer dicht. Eerst bevonden we ons in een ruimte tussen twee dikke, blijkbaar supergeïsoleerde deuren. Het was er aardedonker, maar toen hij ook de tweede deur opende, streelden licht en warmte mijn kille wangen en ik liet me gewillig naar binnen loodsen.
'Ga maar op de bank zitten', zei papa. 'Ik ben zo terug.'
Ik denk dat hij de chocolademelk al klaar had voor hij me kwam halen, zo snel was hij terug. Toch kreeg ik voldoende tijd om mij te verwonderen over de gestoffeerde wanden en het dikke tapijt waarin de geluiden wegzonken als in water.
'Hier, drink maar lekker op', lachte hij.
Hij trakteerde zichzelf op cognac.

We verlaten de tunnel. Als een waterval vallen de zonnestralen naar binnen. Mijn ogen moeten even wennen aan het licht.
'Voel je je niet goed?' vraagt een vriendelijke stem.
'Nee, nee, het gaat wel.'
'Je bent helemaal rood', dringt het meisje aan terwijl ze me een papieren zakdoekje toesteekt.

Johnny forever, lees ik op haar onderarm.
'Neem maar, je zweet', zegt ze.
Ik veeg de druppels van mijn neus.
'Ik hou niet van het donker', mompel ik.
'Dat is te merken. Een beetje dom eigenlijk, de trein zal zijn weg wel vinden.'
Het klinkt een tikkeltje grof, maar niet onvriendelijk. Ineens voel ik de behoefte om haar mijn verhaal te vertellen, maar ik doe het niet.
De conducteur loopt door het middenpad. Ik zoek mijn kaartje maar hij heeft er geen oog voor. Hij duwt twee uitpuilende reistassen beter in het rek en loopt verder. Ondertussen raast de trein op volle snelheid verder. Soms snijden we het vlakke landschap in twee gelijke helften zoals een mes een taart, dan weer flitsen huizen en tuinen voorbij als in een razendsnelle clip. Voor mijn ogen de tijd krijgen zich op iets te fixeren, worden de beelden verdrongen door nieuwe. Alleen een afgedankte spoorwegwagon die op een zijspoor staat te niksen, blijft een paar tellen op mijn netvlies plakken. Totaal onverwacht wordt het landschap weer breder. De huizen van een dorp in de verte worden gevangen in een web van telefoon- en elektriciteitsdraden. Een stompe kerktoren torent boven een rij populieren uit.
We kruisen een trein uit de andere richting. Ik kijk in een kaleidoscoop. Beelden uit onze eigen trein vermengen zich met gezichten uit de voorbijsnorrende trein. Alles wordt vertroebeld door weerkaatsingen van onze trein in de ruiten van de andere. Ik zie binnenkanten aan de buitenkant en

wolken gevangen in een treincoupé. Wat is werkelijkheid, wat is verbeelding? Ben ik nog echt? Zit ik wel in een trein of droom ik? Mijn maag protesteert. Wanhopig klamp ik me vast aan de realiteit van het achterliggende landschap als ik gedurende één flits, tussen twee rijtuigen door, zeker ben van wat ik zie. Ik gloei.
'Zal ik de conducteur roepen? Je bent echt ziek, denk ik.'
'Nee, nee, ik red me wel.'
'Weet je het zeker? Ik moet uitstappen, we zijn bijna in Gent.'
Ik sluit mijn ogen. Het beeld van het meisje dat me met een bezorgde glimlach aanstaart, blijft nog even voor mijn ogen dansen.
In de verte heersen de torens van Gent over de ontwakende stad. Boven de Sint- Baafskathedraal pakken zich donkere wolken samen.
Veel dichterbij, op een houten bank naast een krantenkiosk, zit een koppeltje met zonverbrande gezichten. Ze zijn zich niet bewust van het naderende onweer. De jongen leunt achterover, de handen achter zijn hoofd gevouwen en de benen languit. Het meisje maakt notities in een piepklein schriftje. Hartsgeheimen?
Voor mij geen dagboek, denk ik bitter. Beelden en woorden hebben littekens in mijn hoofd gebrand die niemand ooit zal wissen.
Een plotselinge windstoot blaast de jurk van het meisje bol als een parachute. De zon speelt met de zachtglooiende lijnen van haar lichaam.

Het heeft iets puurs. Toch huiver ik.

Papa bekeek me met ernstige ogen. Ik las er aandacht en bezorgdheid in, maar ook verlangen, verwachting en een zekere onrust. Moest ik iets zeggen, iets doen? Voorzichtig slurpte ik van de hete chocolade en voelde de warmte in mijn maag glijden.
'Smaakt het?' vroeg papa.
'Waarom zijn hier twee deuren?' antwoordde ik met een wedervraag.
'Voor het geluid, liefje. Dit hier is mijn domein, hier wil ik niet gestoord worden. Zo kan ik doen wat ik wil zonder dat anderen er last van hebben. Radio, televisie, computer, maakt niet uit. Niemand merkt er wat van. 'Terwijl hij sprak, dimde hij het licht. Slechts een paar blauwe lampjes, die bovendien nog werden afgeschermd door bijna ondoorschijnende lampenkappen, schemerden tegen de wand. De kamer kreeg er iets geruststellends door.
Papa zette de televisie aan en liet zich met een plofje naast mij op de bank vallen. Hij zapte onrustig van de ene zender naar de andere. Hij vond niet wat hij zocht.
'Het is te laat', zei hij meer tegen zichzelf dan tegen mij.
'Of te vroeg', plaagde ik.
Papa lachte en keek op zijn horloge: vier uur in de ochtend.
'Heb je het nog koud?' vroeg hij. 'Wil je terug naar je bed?'
Ik schudde mijn hoofd en vroeg of ik nog een kopje chocolade mocht.
'Natuurlijk', zei papa, die meteen overeind wipte.

Voor hij de kamer verliet frunnikte hij een paar tellen aan zijn laptop. Tegelijk floepte er op de beamer tegen het plafond een blauw lampje aan.
Papa was net de deur uit toen het beeld van een bijna naakt meisje werd geprojecteerd op de witte muur aan de andere kant van de kamer. Het meisje lachte naar mij met bloedeloze lippen en waterige ogen. Onderaan stonden een naam in cursief *(Viola)*, een nummer *(3)* en een webadres *(*www.modelxx.uk*)*.
Ik vond het allemaal een beetje onwerkelijk. Toch stelde ik me er nauwelijks vragen bij. De toestand van halfslaap waarin ik verzeild was geraakt, benevelde mijn gedachten.
'Ha, de voorstelling is al gestart', lachte papa toen hij terugkwam.
Hij nam de laptop op zijn schoot en installeerde zich weer naast mij.
'Vind je haar mooi?' vroeg hij, terwijl hij met zijn kin naar het meisje op de muur wees. Als enig antwoord nestelde ik mijn hoofd in zijn linkeroksel. Zijn arm bengelde naast mijn oor. Ik voelde me goed. Papa was weer mijn dikke vriend, ik zijn hummeltje. Een zalige loomheid kroop in mijn ingewanden.
Met enkele tikken op het *touchpad* bracht papa *Viola* tot leven. Het meisje (veertien? vijftien?) stond gracieus op en ging op de rand van haar bed zitten. Haar doorschijnende nachthemd fladderde als een streling rond haar lijf. Ze staarde met een zweem van een glimlach in haar mondhoeken naar haar voeten.

Tegelijk flitsten er allerlei beelden voorbij waarvan de samenhang me ontging: een triest glimlachende vrouw, een fotograaf in een goudgeel korenveld, een close-up van een knijpende mannenhand op een naakte schouder, een enorme blokhut op het strand, galopperende paarden, poedelnaakte meisjes in de golven, een oud kanon met een verroeste loop. Zonder aanleiding of overgang ging het meisje voor een levensgrote spiegel staan. Met rustige bewegingen schoof ze de spaghettibandjes van haar schouders. Haar nachthemd zakte in slow motion op haar enkels.

Viola streelde aandachtig om de beurt haar borsten. De topjes van haar vingers tekenden voortdurend kleiner wordende kringetjes rond haar tepels die scherper en scherper werden.

'Mooi', mompelde papa.

Het klonk als een zucht.

Als hij het meisje bedoelde, oké. Ze was mooi en met haar ronde borsten had ik best willen ruilen. Die van mij vielen nogal klein en puntig uit.

De film zelf vond ik maar niks. Het was een simpele opeenvolging van mooie plaatjes, zonder inhoud, zonder verhaal, zonder gevoel. Het gezicht van *Viola* leek van steen. Het was alsof ze niks te maken wilde hebben met haar eigen lijf, alsof dat lichaam zelfs het hare niet was.

Het kon me niks schelen. Ik had de grootste moeite om mijn ogen open te houden. Ik schurkte nog wat dichter tegen papa aan.

'Slaap maar lekker', zei hij.

Toen ik mijn ogen weer opende produceerde de projector alleen nog sneeuw en geruis.
Plotseling voelde ik mijn lichaam verstijven. Tot dat moment was er steeds het warme gevoel van veiligheid geweest, maar in een flits realiseerde ik mij dat de hand van papa als een schelp rond mijn linkerborst knelde. Ik durfde me haast niet te bewegen en werd me steeds pijnlijker bewust van de klamme warmte die door mijn nachthemd in mijn borst drong zoals water in een spons. Papa zei geen woord. Was hij ook ingedommeld? Ik zweeg en probeerde weer te slapen. Het lukte me niet. Of toch? Later, ik weet niet hoeveel later, was zijn hand weg.

De trein mindert vaart. Kranten worden opgevouwen en boeken weggestopt in tassen die uit het rek worden getild. Mensen wensen elkaar een prettige dag of maken afspraken. Vingers dwalen over plattegronden.
We daveren het station van Brugge binnen. Van de zon is allang geen spoor meer. Stapelwolken vloeien grillig ineen en weer uiteen en soms, heel even, verschijnt er nog een stukje blauw, als in een diepe afgrond. De trein stopt, deuren zuchten open, de reizigers verdwijnen als regenwater in een rioolkolk.
Ik laat me meedrijven met de stroom. Het station zelf ontgoochelt me. Het is één lange gang met links en rechts trappen die naar de perrons leiden en die doormidden gesneden wordt door reclamepanelen en dienstregelingen.
Aan het eind van de gang aarzel ik bij een broodjeszaak.

Koop ik nu een broodje of straks? Als twee agenten de hoek omkomen en in mijn richting lopen, is mijn keuze snel gemaakt. Op een drafje ren ik naar de uitgang. Zou ik al vermist worden? Ik besluit om zo snel mogelijk iets aan mijn haar te doen. Het gaat eraf! Helemaal kort laat ik het knippen, met stekels en pieken. En dan een pet op.
Ik gluur over mijn schouder als ik naar buiten glip. De agenten kuieren rustig verder. Ik moet leren om mezelf beter in bedwang te houden. Door die overdreven reacties kan ik me verraden. En dan? Vroeg of laat snappen ze me toch. De politie brengt me thuis. Mama huilt en papa ontvangt me als de man uit het verhaal van de verloren zoon. *Mijn dochter was verloren maar nu is ze terug. Laat ons feesten!* Zijn vrienden kijken bewonderend toe. Zo'n nobel man! Als ze mijn dochter was, zou je eens wat meemaken. Een mooi voorbeeld is ze voor dat jongere zusje. En haar moeder! Die arme vrouw heeft het al zo hard te verduren gehad met haar ziekte en dan laat haar dochter haar ook nog in de steek. In een tehuis moesten ze haar stoppen!
Papa zal niet toegeven aan die praatjes. De 'goede vader' heeft me weer in zijn macht. En dan voorgoed!

acht

Het bruggetje over de Vliet, naast de spoorweg, ligt nauwelijks een paar honderd meter buiten de dorpskern. Sinds er een nieuwe ontsluitingsweg is aangelegd voor enkele boerderijen verderop is het volledig in onbruik geraakt. Het onkruid tiert er welig en op sommige plaatsen is het voor fietsers onbegonnen werk. Dan zit er niks anders op dan af te stappen en verder te lopen.

Als je, eenmaal over de brug, de weg volgt die rechtsaf omlaag duikt, kom je in een andere wereld. Iemand die het er niet kent zou kunnen denken dat er zich in de verre omtrek geen huizen bevinden. Dat komt omdat er naast de eigenlijke vlietdijk een tweede, veel hogere dijk is aangelegd om het dorp te beschermen tegen de regelmatig voorkomende overstromingen. Zo ontstond een klein natuurreservaat met plassen en poelen, waar je naast de gebruikelijke konijntjes heel wat waterwild kunt tegenkomen dat daar een uitgelezen biotoop heeft gevonden.

Voor mij heeft de Schorre geen geheimen. Ik ben er thuis, al sinds ik klein was. Met de klas van meester Pauwels gingen we er vroeger haast wekelijks heen, winter en zomer. Telkens opnieuw liet hij ons nieuwe dingen ontdekken. 'De natuur moet je ondergaan', beweerde hij altijd met vuur. 'Als je een koe wilt leren kennen moet je naar een boerderij toe en niet naar een plaatje in een of ander boek gaan zitten staren. Kikkers en salamanders vind je in poelen en grachten, zwaluwen vliegen in de lucht. Televisie en internet zijn alleen hulpmiddelen om dieren te leren kennen die we hier niet hebben, zoals tijgers en olifanten.'

Terwijl ik door de Kerkstraat fietste en de hoek van de Reststraat naderde, vroeg ik me af of Elien er al zou zijn. Er zat er een speelse, nieuwsgierige kriebel in mijn buik. Elien was zo onberekenbaar, de ene keer uitgelaten, de volgende dag stil en breekbaar. Het bleef spannend.
Of er zat in de grote spiegel op de hoek van de Reststraat een onberekenbare dode hoek, zoals in de meeste autospiegels, of ik had niet goed uitgekeken. Feit is dat ik de auto, een kleine grijze Honda als ik me goed herinner, slechts op een haartje na miste. Ik gaf zo'n felle ruk aan mijn stuur dat ik tegen de hardstenen vensterbank van een huis schuurde. Ik dreigde te vallen, maar door me, zoals een peuter op zijn loopfietsje, beurtelings af te zetten met mijn linker- en mijn rechterbeen, hield ik me staande. Toen ik zo'n twintig meter verder eindelijk stilstond, was de chauffeur van de auto al bij me.

'Je moet beter uitkijken, man', foeterde hij. 'Heb je je pijn gedaan?'
Natrillend op mijn benen greep ik naar mijn linkerarm.
'Laat zien', zei de man.
Hij stroopte de mouw van mijn trui en hemd op.
'Nou, nou, een flinke schaafwond. Kun je je arm buigen?'
Met enige moeite lukte dat wel.
'Niks gebroken', denk ik. 'Zal ik je voor alle zekerheid toch maar naar een dokter brengen?'
Ik dacht aan Elien. Ik kon haar niet tevergeefs laten wachten. Sinds die domme opmerking van haar zusje toen ik die documentatiemap ophaalde, was Alex erg achterdochtig geworden. 'Nee, nee', zei ik haastig. 'Zo erg is het niet. Het is maar een schaafwond.'
Ik maakte al aanstalten om weer op mijn fiets te wippen, maar de man hield me tegen.
'Wacht even, ik zal de schadepapieren invullen', zei hij terwijl hij al terug naar zijn auto liep.
'Niet nodig, meneer. Er is niks...'
'Je hemd is gescheurd. En morgen kan nog altijd blijken dat er met die arm iets meer aan de hand is.'
'Nee, laat maar. Bovendien was het mijn eigen schuld.'
'Zoals je wilt. Kijk, hier heb je mijn kaartje. Als je nog van gedachte verandert of als je ouders contact met me willen opnemen, dan weet je me te vinden.'
'Dank u wel, meneer, maar ik denk niet dat wij u nog lastig zullen vallen.'

'Oké dan! En doe in het vervolg wat voorzichtiger, kerel.'
Ik grijnsde. De man stapte in zijn auto en reed weg. Zonder het te bekijken, liet ik het kaartje in mijn broekzak glijden. Een beetje houterig klom ik weer op mijn fiets. Van de plaats van het bijna-ongeluk liep de weg licht omhoog naar een onbewaakte spoorwegovergang. Ik ging een beetje rechter op mijn fiets zitten, zodat ik meer kracht op de trappers kon zetten en niet op mijn armen hoefde te steunen. Rond het stukje losgerukte stof kleurde mijn arm langzaam rood. Hij deed verdorie meer pijn dan me lief was. Boven op de spoorwegberm kon ik de reling van de brug zien. Enigszins opgelucht merkte ik dat Elien er nog niet was. Ik stapte af en ging te voet verder. Dat ging makkelijker.

'Lopend!?' klonk het opgewekt.
Mijn zoekende ogen vonden Elien een beetje links van het bruggetje op de dijk. Ze had een spottend lachje om haar mond. Dat verraste me, want meestal duurde het een poos voor ze ontdooide. Zoals ze daar nu zat, met haar benen gekruist in het gras en haar hoofd een beetje schuin omhoog, dansten er duidelijk pretlichtjes in haar ogen. Ik realiseerde me opnieuw dat ze mooi was en zo anders dan andere meisjes. Raadselachtig was misschien nog het beste woord.
Achter haar leunde haar fiets tegen de brede stam van een ter dood veroordeelde populier. Een stuk weggeschraapte bast met daarop een dikke rode stip en een zwart cijfer 4 benadrukte het vonnis.
'Je arm!' riep Elien. 'Wat is er met je arm gebeurd?'

Ze sprong op. De platgedrukte grassprietjes op de plek waar ze gezeten had, herademden en probeerden zich haperend op te richten.
'Je bloedt', constateerde Elien overbodig.
'Een ongelukje. Ik moest uitwijken voor een auto en kwam tegen de gevel van een huis terecht.'
'Die automobilisten denken dat de hele straat van hen is', wond ze zich op.
'Het was mijn eigen schuld', suste ik haar, maar mijn bekentenis kon haar niet op andere gedachten brengen.
'En wat dan nog?' riep ze agressief. 'Zij lopen geen gevaar. Schuld of geen schuld. De sterkste wint altijd. Wacht even...'
Ze liep naar haar fiets. Uit de lederen tas die met twee haakjes aan de bagagedrager hing, diepte ze een vierkant zakje op waaruit een wit doekje tevoorschijn kwam. Tegelijk viel er een enveloppe op de grond. Elien trok haar schouders in als een geschrokken kat en gluurde achterom. Ze raapte de enveloppe snel op en stopte hem weer weg.
'Wat heb je daar?' vroeg ik.
'Een verfrissingdoekje. Daar zit veel alcohol in, een goed ontsmettingsmiddel. Stroop je mouw maar op.'
Geleund tegen mijn fiets gehoorzaamde ik haar bevel. Vastberaden, maar ook met een zekere zachtaardige schroom depte ze de wond. 'Het lijkt wel een geplette biefstuk', lachte ze.
'En jij moet verpleegster worden', echode ik. 'Heb je dit al meer gedaan?'

'Natuurlijk! Als mama er niet is en Krisje komt weer eens met kapotte knieën thuis, moet ik haar wel helpen. Doet het pijn?'
'Het prikt een beetje.'
'Dat komt door de alcohol. Maar ik denk dat ik je nog kan redden, hoor', spotte ze.
'Er gebeuren wel ergere dingen', grijnsde ik.
Elien stond één tel roerloos. Het leek erop alsof ze zich ineens iets herinnerde waaraan ze niet direct had gedacht, maar dat ze niet mocht vergeten. Ze keek me aan en drukte toen het doekje weer tegen de wond.
'De dingen die je ziet zijn meestal niet de ergste', mompelde ze.
'Waarom zeg je dat?'
Ze stond nu heel dicht bij mij. Ik voelde de warmte die uit haar lichaam straalde en rook de geur van shampoo in haar haar. Ik had een sterke neiging haar aan te raken, maar ze hield mijn bezeerde arm nog altijd stevig vast.
'Als er wat gebeurt en je merkt het op, dan kun je reageren. Wat onzichtbaar is, blijft onbekend en woekert voort. Als ik nu je arm verzorg dan komt dat omdat ik zag dat er wat mis was. Sommige dingen zie je niet.'
'Zoals kanker?'
'Misschien. Er zijn ook kwalen die nooit tastbaar worden. Ze nestelen zich als een zwam in je hersenen, in je gedachten, in je hart.'
Ze bedoelt haar moeder, dacht ik, maar ik vond het niet passen om erover te beginnen. Bovendien had ik al door dat het geen zin had om te proberen de dingen uit haar te trekken.

Dan klapte ze gewoon dicht.
Elien tikte speels tegen mijn wang.
'Ziezo', lachte ze. 'Je bent weer opgelapt. En vertel me nu eens over je werkstuk, lukte het een beetje?'
'Reuze! Aan het einde van dit trimester willen we een rondleiding met de hele klas organiseren in het Fort. Zou je vader ons kunnen rondleiden?'
'Vraag het hem.'
'Zou jij...'
'Het is beter dat je zelf komt. Dan kun je het een beetje goedmaken, want hij is er niet erg over te spreken dat je je belofte niet bent nagekomen. Hij wacht nog altijd op de tekst van je werkstuk.'
'Zorg jij er dan maar voor dat die zus van jou niet weer van die domme opmerkingen maakt.'
Elien lachte uitbundig.
'Krisje is niet dom. Ze is een flapuit, maar dom...?'
'Heeft je pa er nog op gereageerd?'
'Nee, maar elke keer als ik de deur uitga, moet ik een goede reden hebben. Ook daarom is het beter dat je zelf komt.'
'Mij best. Ik kom binnenkort wel even langs.'
'Woensdag is de beste dag. Dan werkt papa tot acht uur en als je dan wat vroeger komt, hebben we nog even tijd.'
We liepen langs de kant van een langgerekte, ondiepe poel. Ik nam Eliens hand in de mijne. Haar lange, broze vingers voelden aan als houterige twijgen. Er zat geen veerkracht in, alleen spanning. Naarmate we verder liepen door het kniehoge gras ontdooiden ze en nestelden zich als pas uitgebroede vogeltjes in mijn handpalm.

'Zullen we hier gaan zitten?' stelde ik voor.
Elien keek op haar horloge.
'Om vijf uur moet ik thuis zijn.'
'Zo vroeg al?'
'Ik moet koken. Papa houdt niet van wachten.'
Het lag op mijn lippen op te merken dat haar vader me niet de gemakkelijkste leek, maar ik slikte mijn woorden in. Telkens als haar situatie thuis ter sprake kwam, werd ik onzeker. Ik was bang dat ik dingen zou zeggen of vragen die pijnlijk voor haar zouden zijn. Kon die geheimzinnige ziekte van haar moeder de reden zijn van die rare, bijna verkrampte reactie van haar vader als Elien ook maar even het huis uit wilde? Vreesde hij dat haar iets zou overkomen waardoor de problemen nog groter zouden worden? Absurd, Elien was iemand waarop je kon rekenen. Ik zag geen enkele reden voor zoveel overbezorgdheid.

'Hoe is het nu met je ma?' vroeg ik om het gesprek weer op gang te helpen.
Elien probeerde een lange grasspriet tussen haar tenen te weven en was daar zo intens mee bezig, dat ik een ogenblik dacht dat ze mijn vraag niet had gehoord. Het was maar schijn.
'Zoals gewoonlijk. De eerste weken na haar terugkeer uit het ziekenhuis gaat het meestal beter, daarna wordt ze weer stiller en stiller', legde ze uit. 'Ik vrees dat het weer dezelfde kant opgaat.'

Toen zweeg ze. Ze liet zich languit op haar rug vallen en sloot haar ogen. Haar handen vouwde ze als een schelp onder haar hoofd.
Ik zat naast haar en speelde met een tegendraadse haarlok, die voortdurend een andere kant op wilde. Telkens als mijn vingertoppen de zachte huid in haar hals raakten, schoten er vonken door mijn onderbuik. Het zou me geen enkele moeite kosten om mijn hand in de halsopening van haar bloesje te laten glijden en haar borst te zoeken. Bij die gedachte kreeg ik een erectie. Twee, drie keer verjoeg ik het idee, maar het verlangen in mijn lijf werd steeds dwingender. Mijn hand daalde af, haperde even aan de rand van haar beha en schoof nog dieper.
Elien vloog overeind en sloeg me met de vlakke hand in het gezicht.
'Jullie zijn allemaal hetzelfde. Je moest je schamen', siste ze boos en rende weg.
Ik staarde haar verdwaasd na. Mijn wangen gloeiden, maar niet van schaamte. Een kleine waterspin kwam zich even bevoorraden aan de oppervlakte en dook dan met een nieuwe voorraad lucht naar de diepte.
Wat bedoelde ze met '*jullie zijn allemaal hetzelfde*'? Ze had me altijd verzekerd dat ik haar eerste vriendje was.
Vijftig meter verder leunde Elien mokkend tegen een boom. Ik moest naar haar toe om het goed te maken, maar die enkele tientallen meters leken een diepe zee. Ik had niet de bedoeling gehad haar te kwetsen of te beledigen. Ik wilde haar alleen maar liefkozen, haar laten voelen dat ik iets

meer wilde betekenen dan een goede kameraad. Akkoord, ik was nogal voortvarend. Ze was er niet op voorbereid. Maar moest ze me daarvoor zo'n klap in mijn gezicht verkopen? Waarom had ze niet gewoon gezegd : *Sorry, Koen, laten we daarmee nog een tijdje wachten. Ik wil het nog niet.* Dan was er niets gebeurd.
Ik voelde me radeloos. Mijn hart en mijn verstand spraken een verschillende taal. Zij heeft je beledigd, zij moet het dan ook maar goedmaken, dacht ik. Maar tegelijk fluisterde er een stemmetje in mij : *Die klap was niet voor jou bedoeld. Als je haar niet kwijt wil, loop dan naar haar toe en zeg dat het je spijt. Waarom blijft ze daar anders staan? Als ze echt weg wilde, zat ze allang op haar fiets.*
Ik stond op en ging weer zitten. Ik merkte dat ze naar me keek. Ik stond weer op. Ze zette een paar stappen in mijn richting. Dat was voor mij het sein. Ik rende op haar af. Ze wachtte me op en wierp zich haast in mijn armen.
'Neem me niet kwalijk, Koen', snikte ze.
'Nee, nee, ik moet mij verontschuldigen.'
Mijn handen drukten haar hoofd tegen mijn borst. Ze ademde wild.
'Ik kan er niets aan doen', snikte ze. 'Je moet geduld hebben.'
Helemaal onverwacht bukte ze en braakte.
'Ben je ziek?'
'Een onzichtbare ziekte...', fluisterde ze zachtjes.
Ik keek haar aan, maar zij keek de andere kant op. Haar bovenlip trilde. Met korte, ritmische tussenpozen trok haar mondhoek enkele millimeters omhoog en zakte daarna weer in zijn normale plooi.

De warme voorjaarszon speelde verstoppertje achter enkele grijze wolken. Er stak een licht briesje op en vanuit de poel waaide de geur van rottende bladeren in onze richting.
'Het is tijd', zei Elien. 'Ga je mee, ik heb nog iets voor je.'
We liepen samen terug naar onze fietsen. Ik durfde haar hand niet opnieuw vast te pakken, maar Elien kwam zo dicht tegen me aan lopen dat ik bijna niet anders kon dan mijn arm om haar schouders te leggen. Weer voelde ik haar verstijven, maar deze keer zette ze het niet op een lopen en ze verkocht me geen klap in mijn gezicht.
Ze bukte zich en morrelde aan het koperen knipslot van haar fietstas.
'Ik weet niet of je het wel leuk vindt', aarzelde ze.
'Kom op, je maakt me nieuwsgierig', drong ik aan.
De tas floepte open, ze graaide er in en stopte de enveloppe in mijn handen die even daarvoor op de grond was gevallen.
'Aan niemand laten zien hoor', zei ze geheimzinnig.
Ze sprong op haar fiets en reed weg. Ineens werd ik me weer bewust van de pijn in mijn arm.
Met gretige vingers scheurde ik de enveloppe open en staarde verbaasd naar een knipsel uit een of ander tijdschrift. Een dromerig meisje met een te smal gezicht en een scherpe neus staarde met verdrietige ogen in een plas. Haar lange haar hing sluik langs haar langwerpige gezicht. Rond haar lichaam wapperde een doorschijnend jurkje.
Waarom deed ze dit? Háár foto wilde ik, geen plaatje uit een roddelblad.

Ontgoocheld draaide ik het velletje om en bekeek achteloos de achterkant. Iemand had er met sierlijke letters www.modelxx.uk (Viola3) op geschreven.
Ik bekeek opnieuw de voorzijde en vond geen verband.

Negen

Besluiteloos sta ik op het immense plein. De reizigers die door de treinen worden uitgebraakt, lossen zich op als rook in de wind. Ze versmelten met de uitlaatgassen van de bussen die links van de ingang de toeristen opzuigen, om hen enkele kilometers verderop weer uit te spuwen.
In de engte van de treincoupé voelde ik me bedreigd, in de catacomben van het station hapte ik naar adem en hier word ik overdonderd door de leegte.
Ik ga op een bank zitten en speel een spel met de wind, die onbeheerst rondtolt over de blauwe kasseien die het plein in symmetrische cirkels verdelen. Zover mijn oog reikt, herhaalt zich hetzelfde patroon. De vlakte geeft me een gevoel van eindeloosheid. Naast de banken waken moderne lantaarns met vierkante armaturen.
De voorgevel van het station gaat schuil achter metershoge doeken. Toch wordt hij het lijdend voorwerp van de fotografeerwoede van een groepje Japanse toeristen. Zelfs de fietsenrekken ontsnappen niet aan hun aandacht.

'Waarom steel je geen fiets?' waait het door mijn hoofd. Ik verdring de gedachte en toch loop ik even later in de richting van de stalling. De meeste fietsen zijn goed beveiligd met sloten, kettingen en ijzeren staven. Toch kost het me geen moeite om enkele onbeschermde exemplaren te ontdekken. De aandrang om er eentje mee te graaien wordt heviger. Ik raak zelfs lichtjes opgewonden bij het idee. Zo'n fiets is veel veiliger dan de bus die pakweg tweehonderd meter verder staat te wachten.

'In Brugge nemen we bus 2, de bus richting Breskens', zei Koen toen hij me voorstelde om samen een weekendje aan zee door te brengen in hun caravan.

Ik pak een fiets, gluur stiekem over mijn schouders en probeer of er toch niet ergens een verborgen slot op zit. Niks slot! Ik hoef er maar op te springen en weg te rijden. Niemand die iets merkt, niemand die iets vraagt. In dat korte moment van aarzeling krijg ik meer begrip voor een dief dan door het lezen van tien boeken over kleptomanie. Het is een vonk, een tinteling die zich als een vuurtje door mijn aders brandt.

Plots duikt de troep Japanners op. Ze fotograferen me terwijl ik al op het zadel zit.

'Nee! Niet doen', schreeuw ik. 'Geen foto's!'

Ze lachen en buigen met stijve ruggen. Ondertussen klikklakken de toestellen als opspringende rotjes. Ik gooi de fiets tegen de grond voor de voeten van de verbouwereerde spleetogen. Als ik wegren, zie ik nog net hoe het voorwiel grotesk en belachelijk in zijn doelloosheid om zijn as wentelt.

De digitale camera's richten zich op het nieuwe fenomeen. Als een hardloopster, nagestaard door onzichtbare blikken, kruis ik het plein en spring in de juiste bus. Ik gooi mijn tas in het rek, laat me zonder rond te kijken neerploffen op de eerste vrije bank en glijd onderuit. Mijn ogen, net boven de rand van het venster, volgen de lacherige fotografen die van deze afstand nog kleiner lijken dan in werkelijkheid. Trollen, denk ik, woudkabouters, die me voor een dommigheid behoed hebben.

De motor van de bus grolt, de deuren piepen, we rijden. Ik herademn.

'Dat was dom van je', zegt iemand achter mij.
Het is alsof een wesp in mijn achterste prikt. Ik spring op.
'Jij weer!' gil ik.
Het oude mannetje, zonder hoed deze keer, trekt gekwetst zijn neus op.
'Dat had ik van jou niet gedacht', zegt hij op de toon van een schoolmeester die een leerling een standje geeft en tegelijk begrip wil veinzen.
'Je hoeft helemaal niets te denken', bits ik terug. 'Maak dat je wegkomt!'
'Dat is nogal moeilijk, mijn botten zijn te oud geworden om uit een rijdende bus te springen. Als je op mijn leeftijd wat breekt, is dat meestal noodlottig. Mijn broer was nauwelijks achtenzestig toen hij zijn heup brak. Twee jaar later was hij dood.'

'Je broer kan me gestolen worden. Ik wil dat je me met rust laat.'
'Doe ik iets verkeerd?'
'Je volgt me al de hele dag.'
'Mis, Elien, ik zat het eerst in deze bus. Ik heb je vanochtend al gezegd dat ik een dagje naar zee ging. Jammer dat het weer wat tegenvalt. Het leek eerst zo'n mooie dag te worden.'
'Hoe ken jij mijn naam?' vraag ik onthutst.
'Dat is niet moeilijk, je loopt ermee te koop.'
Zijn ogen dwalen in de richting van het naamkaartje aan de rits van mijn tas.
'Je maakt veel fouten. Ze hebben je zo weer te pakken.'
Met een nijdige ruk trek ik het naamkaartje los en gooi het op de grond.
'Weer fout', zegt het mannetje. 'Elke avond worden de bussen schoongemaakt. Ze vinden het zo en met je signalement erbij...'
'Signalement? Word ik al opgespoord?'
'Reken maar! Lang duurt dat tegenwoordig niet. Vroeger duurde het al eens wat langer voor de politie in actie kwam, maar met al die heisa rond de verdwijning van kinderen zijn ze tegenwoordig veel alerter.'
Ontmoedigd laat ik me weer op mijn stoel zakken. Ik had toch beter die fiets kunnen nemen. Bij de volgende halte spring ik op het laatste nippertje uit de bus, denk ik. Met zijn broze botten kan hij mij onmogelijk volgen.
We rijden stapvoets over een Brugs plein. Het ideale moment! Ik pak mijn tas en span mijn spieren om op het ge-

paste moment als een veer te kunnen losschieten. Een zware hand op mijn schouder houdt me tegen.
'Laat maar', zegt de man.
Hij heeft zijn hoed weer opgezet en krabbelt overeind.
'Ik ben er al. Tot ziens.'
Hij drukt op stop, maar heeft nog een laatste raadgeving in petto.
'Voor foto's moet je ook opletten', grijnst hij. 'Het zijn buitenlanders, maar je weet maar nooit. En daarbij, je hebt wel het figuurtje om fotomodel te spelen, alleen vrees ik dat zo'n baan niks voor jou is.'
Het mannetje schuifelt naar voren in de bus. Ik ben sprakeloos en zie hem niet eens de bus uit stappen.
Naast de bus kijkt een ruiter me vanaf zijn paard aan met een donkere, bronzen blik. Zijn strakke snor, die zijn gezicht halveert, maakt hem nog indrukwekkender. Ik voel me bekeken, bedreigd. Ik zit weer in de *werkkamer* van papa.

Een tijdje koesterde ik de illusie dat wat zich die eerste keer afspeelde, toeval was. Die hand van papa op mijn borst was een ongelukje. Misschien had ik het toch gedroomd. Maar Viola was echt. Haar kon ik niet verzinnen. Waarom toonde papa me juist die film? Waarom liet hij me kijken naar naakte meisjes die met meisjes naar bed gingen, die er duidelijk genoegen aan beleefden om elkaar uit te kleden en zonder schaamte te strelen? Ik voelde geen enkele sympathie voor die meiden en had zeker niet de behoefte zelf te gaan experimenteren.

Ook zijn woorden bleven door mijn hoofd spoken. *Je wordt een hele meid. Een hummeltje dat bij mij in bad kroop.* Ik hoorde er een zekere weemoed, een zweem nostalgie in. Vroeger was het allemaal beter, mooier en zonder zorgen. Mama was toen nog gezond en ik was er inderdaad dol op om samen met papa onder het schuim te duiken. We speelden waterspelletjes en papa vertelde verhalen over ridders en prinsessen. Naast het bad stond mama klaar met een dikke, donzige handdoek waarin ik helemaal kon wegkruipen. Ze maakte een pakketje van me, een warme knuffel. Papa vond het jammer dat zoiets nu niet meer kon. Mama was ziek en voortdurend slecht gehumeurd. Ik was nu te oud voor kinderspelletjes.
Gelukkig scheen hij het zelf ook begrepen te hebben. Hij repte met geen woord over de bewuste avond in zijn *werkkamer*. Tot...

Papa, Krisje en ik, reden naar mama. Zodra we er aankwamen, voelde ik dat er iets veranderd was. Er hing een andere sfeer. Mama zat niet langer ineengeschrompeld op haar kamer. Ze wachtte ons op bij de ingang en troonde ons mee naar de recreatieruimte.
'Ik heb goed nieuws', zei ze. 'Volgende week mag ik naar huis.'
'Echt?' lachte papa. Zijn blijdschap leek niet geveinsd.
'De dokter zegt dat ze er eindelijk in geslaagd zijn mij op de juiste manier te behandelen. Als ik mijn pillen op tijd inneem, kan ik naar huis.'

'Dat is goed nieuws! Vind je niet, Elien?'
'Natuurlijk', zei ik wat afwezig. Het verbaasde mij dat alles zo onverwacht ging. Bij ons vorige bezoek zat mama er nog bij als een zieke mus die niet eens de kracht had om de broodkruimels op te pikken die voor haar op de grond lagen. En nu mocht ze naar huis.
Ik moest me blij voelen, maar het lukte niet. Een vage angst nestelde zich als een strakke halsband rond mijn nek. De opleving zou van korte duur zijn, vreesde ik.
Ineens rende Krisje op ons af.
'Papa, papa, die meneer zegt dat hij de koning is', gilde ze.
Haar arm wees in de richting van een van de patiënten die stijf rechtop op een stoel zat tussen het biljart en de pingpongtafel. Telkens als er iemand passeerde, boog hij nauwelijks merkbaar het hoofd en glimlachte uit de hoogte.
'Sst... die meneer is ziek', suste papa.
'Dan moet hij in bed. Zal ik de verpleegster roepen?'
'Nee, nee, hij is een beetje ziek in zijn hoofd. Hij weet niet goed wie hij is en wat hij doet.'
'Is hij gek?' schreeuwde Krisje veel te luid.
Vier, vijf hoofden draaiden in haar richting. Ik kon mijn lach met moeite bedwingen.
'En nu hou je je mond', siste papa, terwijl hij Krisje stevig beetpakte.
'Je doet me pijn', krijste ze.
Andere patiënten staarden ons met grote ogen aan. Enkelen stonden op en iemand begon met zijn vlakke hand op de tafel te trommelen. Een verpleegster kwam toegesneld.

'Hou het een beetje rustig', vermaande ze. 'De mensen houden hier niet van lawaai. Het maakt hen nerveus.'
'Natuurlijk, zuster. Heb je het gehoord, Krisje?'
Mijn zusje antwoordde niet. Ze bleef naar 'de koning' staren zoals naar openspattend vuurwerk.
'Kom', zei mama. 'We gaan een wandeling maken in de tuin.'
Door het intermezzo was mijn stemming omgeslagen. De onrust ebde weg en de terugkeer van mama leek toch een prettig vooruitzicht. Ik hoefde me geen zorgen meer te maken, papa zou zich wel twee keer bedenken voor hij me weer zou meenemen naar de *werkkamer.*
Ik vergiste me. *Je hebt het juiste figuur voor een fotomodel,* zei het rare ventje in de bus. Hoe wist hij dat toch allemaal?

Papa kwam die avond stralend thuis van de fotoclub. Zijn ogen schitterden en hij glimlachte van oor tot oor. Hij gaf mama een vlugge knuffel en ging goedgemutst aan tafel.
'De club organiseert een fotowedstrijd', zei hij. 'Eindelijk krijg ik de kans om te tonen wat ik in mijn mars heb.'
'Waarover gaat het?'
'Vrouwelijk naakt.'
Mama keek op, de gevulde vork haperde ergens halverwege tussen het bord en haar mond. Ik spitste m'n oren.
'Vrouwelijk naakt?' echode ze vragend.
Papa grijnsde.
'Je hoeft niet te schrikken, het worden artistieke foto's, geen platvloerse dingen. Onderwerp en ideeën zijn vrij maar de kunstzinnige kwaliteit staat voorop. Elga wil model staan.'

'Elga?' aarzelde mama. 'Van je kantoor?'
'Ja? Vind je het soms niet goed?'
'Veel fotografen en kunstenaars hebben iets met hun model.'
'Er zijn er nog veel meer die er niets mee hebben. Het is een louter zakelijke overeenkomst. Je denkt toch niet dat ik...'
'Je kent haar te goed. Je loopt haar elke dag op kantoor tegen het lijf. Zijn er geen andere meisjes te vinden? Met een vreemde is het veel gemakkelijker om afstand te bewaren.'
'Professionele modellen zijn onbetaalbaar. Dat kan ik me niet veroorloven.'
Naarmate het gesprek vorderde, voelde ik me ongemakkelijker worden en op het moment dat zijn blik de mijne kruiste, wist ik het. Ik zat in de val. *Ik* was het model dat hij al de hele tijd voor ogen had. Elga was de bliksemafleider, de negatieve reactie van mama had hij feilloos voorzien.
'Nou ja, als je het niet goedvindt, kan ik het ook aan Elien vragen', opperde papa langs zijn neus weg.
'Elien? Is ze niet te jong?'
Mama pruttelde wel tegen maar zonder veel overtuiging. Uit de toon van haar stem viel op te maken dat ze tegen mijn poseerwerk veel minder bezwaren had dan tegen dat van Elga. Blijkbaar benevelden de medicijnen ook haar inschattingsvermogen.
'Ze wordt een hele dame.'
Ik wilde schreeuwen dat ik het niet wilde maar ik bleef sprakeloos. Tegen zoveel schijnheiligheid was ik niet opgewassen. Hij spande met veel geduld en met een perfecte timing een valstrik en ik tuimelde erin. Waarom ben ik toen niet weggerend?

'Wat zeg je ervan, Elien?'
Ik zocht uitvluchten, redenen om het niet te hoeven doen maar een kordate weigering kwam niet over mijn lippen. Ben ik daardoor medeschuldig aan alles wat er daarna gebeurde?
'Worden die foto's tentoongesteld', vroeg ik, alsof dat er iets toe deed. Als de foto's er eenmaal waren, was het kwaad geschied. 'Mijn vrienden lachen me uit.'
'Alleen dommeriken lachen om kunst', beweerde papa. 'En daarbij, jij bent toch mijn dochter. Mama heeft gelijk. Als ik Elga fotografeer, gaan ze in het dorp vast roddelen, maar als ik jou als model neem, is dat de normaalste zaak van de wereld.'
'Dan sta ik voor gek!'
'Doe niet zo mal, Elien.'
'Ik moet erover nadenken.'
'Dat spreekt vanzelf. De inschrijvingen hoeven pas volgende maandag binnen te zijn. Je hebt de rest van de week om je beslissing te nemen.'
Ik liep op mijn tenen. Ik kon aan niets anders denken. Viola. Honderden keren speelde die film van toen, in de *werkkamer* van papa, weer door mijn hoofd. Wegfladderende kleding. Vreemde handen op mijn lijf. Naakt in het water. Grijnzende mannen die zich opgeilen aan mijn blote lijf. Koen die onder de bank foto's doorschuift naar Witte. Verwijtende blikken van leraren en spottende meisjesogen.
'Mama, ik doe het niet', zei ik ferm.
'Wat?' vroeg ze afwezig.

'Die foto's!'
'Ha, dat! Maak je geen zorgen, papa weet wel wat hij doet.'
Woedend rende ik de kamer uit. Dagenlang vocht ik met mezelf en mama zag het niet eens. Erger, ze dacht er zelfs niet over na. Als het zo zat, als zelfs zij er niet om gaf, wat kon het mij dan schelen!

Papa nam zijn fototoestel. Mama en Krisje waren het huis uit. Het begon heel onschuldig: foto's in de hal, de deur open, de wind speelde onder de wapperende kleren die hij had uitgezocht. Toen met één voet op een stoel, een deel van mijn dij ontbloot, voorovergebogen om mijn schoenveters te strikken maar mijn hoofd omhoog zodat hij zicht had op mijn borsten. Dan in bad, *een hummeltje*, met het schuim tot aan de rand. Mijn schouders glimmend, mijn haar nat. Op bed, mijn pyjamajasje argeloos open, met de teddybeer van Krisje op mijn schoot.
Honderden foto's, klik na klik, card na card. Papa kreeg er geen genoeg van. Ik liet alles langs me heen glijden, probeerde niet te denken aan wat ik deed. Alles wat hij vroeg, voerde ik uit. Ik bekeek mezelf als een vreemde. Het was alsof niet ik maar iemand anders model stond. Ik stond er hoofdschuddend bij. Waar die meid zich allemaal voor leende! Tot de stemming van papa omsloeg. Ik kon niets meer goed doen. Zijn handen zaten als vliegen aan mijn lijf. Mijn hoofd moest hoger, mijn schouders naar links. Ogen verder open. Bredere glimlach. Zijn tentakels frunnikten aan mijn hals, mijn armen, mijn borsten. Hij duwde mijn dijen verder

uiteen, liet zijn vingers erin knijpen. Met een ruk trok hij de pyjama helemaal omlaag. Ik sloeg mijn handen voor mijn borst maar hij sloeg ze weg zoals je een insect verjaagt. Zijn handen werden vervelende kleine monsters. Als spinnen weefden ze een web, ze pakten me in.

'En nu fotografeer jij!' riep hij plotseling.

'Dat kan ik niet.'

'Je doet maar wat. Achteraf zien we wel wat we ermee kunnen.'

Hij duwde de camera in mijn handen en begon zich uit te kleden.

'Drukken!' beval hij. 'Druk dan toch!'

Helemaal naakt en ongegeneerd stond hij voor mij. Zijn half opgerichte penis brandmerkte mijn netvlies. Ik verborg mijn gezicht achter de lens en fotografeerde als gek. Het wond hem op, maar ik zag hem niet langer staan. Zoals een drenkeling aan een reddingsboei klampte ik me vast aan de camera. Het toestel was mijn schild, mijn veiligheid. Tot alle kracht uit mijn armen vloeide. Alles draaide voor mijn ogen. Ik was niet bang meer om te verdrinken. Ik wilde enkel wegglijden en vergeten wat ik hier deed.

Toen ik weer bij bewustzijn kwam, lag ik helemaal naakt op de bank. Hij boog zich over mij en kuste mijn tepels. Ik braakte.

'Lieve Elien, dit heb ik altijd al gewild', zei hij schor. 'Jij bent het liefste wat ik heb.'

'En mama', kraste ik uitgeput.

'Zij hoeft hiervan niets te weten. Dit is ons geheim.'

'Ik vertel het haar!'

'Dat doe je niet', zei hij mat. 'Als je het durft, zeg ik haar dat jij me wilde verleiden. Wil je dat ze weer ziek wordt? Dat ze doodgaat, misschien?'
'Misschien ga ik wel dood.'
'Zo vlug sterf je niet', spotte hij.
Mijn ogen zochten een deken, een jurk, desnoods een krant om mijn naaktheid te bedekken. Mijn pyjamajasje lag binnen handbereik op de grond, maar om het te pakken moest ik me omdraaien en hem aanraken. Ik huiverde bij de gedachte aan zijn klamme, gloeiende huid. Ik bleef liggen. Zijn hand rustte als een klauw op mijn onderbuik.

tien

Ik ging die woensdagavond niet naar Elien. Er zat spinrag in mijn hoofd. Tevergeefs zocht ik antwoorden op de talloze vragen die opborrelden als uit een onuitputtelijke bron. Hoe hardnekkiger ik me inspande om de nevelslierten uit mijn hersenen te verjagen, hoe waziger alles werd. Die uitgeknipte foto. Viola 3. Www.modelxx.uk. *Welk verhaal wilde ze vertellen?* Er was geen begin en geen einde. Alleen Elien kende de plot. Of misschien ook niet?

Diep in mij stak een obscuur stemmetje de kop op. *Pas op, dit is niet zomaar iets. Voor iets banaals zou Elien nooit een mistgordijn optrekken. De waarheid maakt je medeplichtig. Viola maakt je medeplichtig. Tussen Elien en jou wordt het nooit meer zoals het was.*

Ineens leek het beloofde bezoekje bij Elien thuis niet langer vanzelfsprekend.

Ik kon er onmogelijk naartoe stappen, een poosje over koetjes en kalfjes leuteren, mijn zogenaamde werkstuk over het Fort

aan Alex geven en dan weer opstappen. Elien verwachtte dat ik het over de foto zou hebben. Maar wilde ik wel ontdekken wat er aan de hand was?
Ergens geloofde ik het alarmbelletje in mijn hoofd: onwetendheid maakt onschuld. De waarheid kon me belasten, tot daden dwingen. Zolang het raadsel een geheim bleef, had ik mezelf niets te verwijten. Ik kon me verschuilen achter uitvluchten en doen alsof die foto niet bestond.
Schaam je je niet, fluisterde het stemmetje. *Je zegt dat je van haar houdt, maar het mag je niets kosten. Voor elke liefde betaal je een prijs. Ben je niet een beetje laf? Elien heeft je die foto niet voor niets gegeven. Ze geeft de richting aan, zoek dan zelf de weg.*

Hoe kan dat nu, dacht ik geërgerd. *Kan webpagina niet vinden.* Dwaas staarde ik naar de mededeling op het beeldscherm en de gesuggereerde oplossingen om het probleem op te lossen. Thuis lukte het me ook al niet om die pagina te openen. Dat was trouwens de reden waarom ik naar de bieb was afgezakt.
Mijn blik gleed weg van het scherm naar de duizenden ruggen in de rekken. Zoveel illusies, zoveel verlangens, woede en hartstocht, vastgelegd in letters die samenklitten tot woorden en zinnen die boeken bevolkten waarin papieren personages vol ongeduld zaten te popelen om onder leeslamp, in bed of in een verdoken hoekje een nieuw leven te beginnen.
Kan webpagina niet vinden.

Met verscherpte aandacht controleerde ik voor de zoveelste keer het kattebelletje aan de achterzijde van de foto van het onbekende meisje. Spellend, letter na letter, punt na komma, tikte ik het webadres opnieuw in. Geen resultaat. Ook googelen met de zoekterm *Viola* bracht me geen stap vooruit. 368.234 hits, begin er maar aan!
Ik besloot om de bibliothecaris te hulp te roepen.

Hij zat achter een computerscherm, maakte onleesbare aantekeningen op de achterzijde van een kaartje en liet mij wachten. Eerst dacht ik dat hij me niet had opgemerkt. Ik wilde net mijn aanwezigheid met een kuchje beklemtonen, toen hij mij met zijn vrije hand aanmaande tot enig geduld. Ondertussen schreef hij verder. Of beter, hij tekende verder. Elke letter kreeg zijn aparte aandacht en de tekst vorderde traag.
Het was niet druk. Dat kwam door het weer. Zonder de regen, die al de hele dag een fijnmazig net tussen de huizen spon, waren er wel meer lezers komen opdagen.
'Neem me niet kwalijk, mijnheer.'
'Een ogenblikje', bromde de bibliothecaris. Hij schroefde met een mechanisch gebaar het dopje op zijn pen en keek me aan.
'Ik zoek een website die ik niet kan vinden. Kunt u mij soms helpen?'
'Welk adres?'
'Www.modelxx.uk '

De bibliothecaris gluurde over zijn leesbril.
'Porno?' grijnsde hij met een vettig lachje erbij.
'Dat...heu...Ik weet het niet.'
Ik voelde een blos naar mijn wangen stijgen. Maar de man deed er niet moeilijk over. Hij haalde zijn schouders op en tokkelde met een verveeld gezicht een paar steekwoorden in op zijn computer.
'Net wat ik dacht. Geblokkeerd!' constateerde hij zakelijk. 'Ofwel is het expliciete seks, ofwel geweld, ofwel allebei tegelijk. Met zulke dingen houden we ons hier niet bezig.'
Twee minuten later stond ik weer op straat. De ontgoocheling was groot. Nu was ik nog geen stap verder. Of toch? Natuurlijk! Elien wilde me duidelijk maken: Zoek die website, kijk en je zult weten. Ik moest en zou die www.modelxx.uk vinden. Witte?

Na enkele wedstrijden in het eerste elftal belandde Witte weer op de reservebank. Hij liet zijn ontgoocheling niet blijken en citeerde de woorden van zijn trainer als een bijbel: 'Jonge talenten moet je koesteren. Als je die jonge mannen voortdurend voor de leeuwen gooit, raken ze snel opgebrand.'
Het was een plausibele verklaring, maar je kon er ook niet omheen dat Witte sinds die eerste wedstrijd waarin hij twee keer scoorde, geen enkel doelpunt meer had gemaakt. En een spits die het doel niet meer vindt, wordt in elke ploeg de kop van jut.
Hoe dan ook, aan populariteit hoefde hij niet in te boeten. Witte bleef de leider van de klas en zelfs jongens uit de hogere

klassen deden er alles aan om bij hem in een goed blaadje te komen. Mij liet hij links liggen. Na onze aanvaring beperkte hij zich tot sporadische, spottende opmerkingen. En daarvoor gaf ik hem niet veel kansen. Ik meed hem zoveel mogelijk en had geen enkele behoefte aan zijn gezelschap. Nu lagen de zaken enigszins anders.

Ik gooide alle tegenargumenten op een hoopje en repte me naar het voetbalveld. Met een beetje geluk zou ik hem daar wel tegen het lijf lopen. En voor het geval hij mijn openhartigheid toch zou misbruiken, was het er veel veiliger dan op school.

Ik had goed gegokt. Witte stond in de kantine te praten met een viertal vrienden. Hij leunde met één arm op de tap en liet zijn linkervoet nonchalant op zijn Adidas-sporttas rusten. Doordat hij met zijn rug naar de ingang stond, kreeg ik even de tijd om rond te kijken. Aan verschillende tafeltjes zaten nog ongeveer tien jongeren. Niemand uit onze klas en maar twee die ik van gezicht kende, zag ik opgelucht. Toch klopte mijn hart in mijn keel toen ik op het groepje met Witte toestapte.

'Kan ik je even spreken, Witte?' vroeg ik met trillende stem.

'Godverdomme, de pingelaar! Wat krijgen we nu?' blufte hij.

Het overgrote deel van de lading moed zakte me al in de schoenen, maar ik schraapte ijverig de overgebleven restjes bijeen.

'Ik moet je iets vragen. Iets persoonlijks.'

'Kom op, kerel. Ik luister.'

'Onder vier ogen. Het is belangrijk.'

‘Toch geen problemen in de liefde, hoop ik?’ schamperde Witte tegen de andere jongens, die in een halve cirkel rond hem stonden.
Ik had het kunnen weten. Van Witte hoefde ik geen hulp te verwachten. Ik had beter bij mijn besluit kunnen blijven hem nooit meer in vertrouwen te nemen. Maar toen stond hij op, dronk zijn cola op en pakte zijn tas.
‘Ik was toch al van plan ervandoor te gaan, mannen. Tot zaterdag.’
Hij klopte mij kameraadschappelijk op de schouders en mompelde vaag:
‘Kom op, pingelaar.’
Daarna hield hij zelfs de deur voor mij open.
‘Let even op mijn tas, ik haal mijn fiets’, zei hij.
Al snel was hij terug. Ik sprokkelde mijn losgeslagen gedachten bijeen, maar de woorden bleven op mijn tong plakken. Gelukkig gaf Witte mij een zetje:
‘Vooruit, Koen, voor de dag ermee.’
‘Het is een beetje ingewikkeld. Ik weet niet goed hoe ik moet beginnen.’
‘Gaat het over die meid?’
‘Ze is geen meid.’
‘Verdorie, Koen, doe niet zo truttig. Ik bedoel daar niks persoonlijks mee. Je bent altijd zo vlug geraakt.’
Witte bleef staan. In het donker zag ik het wit in zijn ogen blinken.
‘Je vraagt erom gepest te worden. Als je wat te vragen hebt, doe het dan.’

'Het gaat over Elien.'
'Ha, Elien! Je bent al een heel eind gevorderd, je weet al hoe ze heet.'
Ik probeerde de spot in zijn woorden niet te horen en troostte me met de gedachte dat het zijn tweede natuur was. Kon hij wel een normaal gesprek voeren?
'Er is iets met haar, Witte.'
'Is ze ziek?'
'Ik weet het niet. Nee, eigenlijk niet echt ziek maar ze reageert zo raar.'
'Och, we hebben allemaal wel eens een slechte dag. Je moet geen spijkers op laag water zoeken.'
'Het zit dieper, denk ik.'
'Misschien wil ze je laten voelen dat ze je niet mag.'
'Dat is het juist. Ze zegt dat ze van me houdt. Ze wil niets liever dan bij mij zijn en toch zie ik haar nauwelijks.'
'Dat begrijp ik niet.'
'Ze mag van haar vader de deur haast niet uit.'
'Dan moet ze 'm smeren. Als ze mij thuis zouden opsluiten, sloeg ik de ruiten in.'
'Ze is als de dood voor hem.'
'Krijgt ze slaag?'
Ik schrok. Daaraan had ik nog niet gedacht.
'Ik geloof het niet. Ze heeft er mij nog nooit iets over verteld.'
'Heeft ze soms blauwe plekken?'
'Niet dat ik weet.'
'Je moet haar eens wat grondiger bekijken, man. Ben je al eens onder haar bloesje op verkenning geweest?'

Ik antwoordde niet. Witte ging weer op de sarcastische toer. 'Of durf je niet?' spotte hij. 'Bang dat ze je op de vingers zal tikken? Denk eraan dat je wel eens een blauwtje moet lopen als je niet altijd een groentje wilt blijven.'
Hij schaterde.
'Ik denk dat je spoken ziet', ging hij verder. 'Je moet niet zoveel nadenken. Hoe meer je nadenkt, hoe meer je gaat twijfelen. Neem nu Elien. Je hebt zin om haar borsten te betasten of je hand in haar slipje te steken. Maar dan begin je na te denken. Mag dat wel? Is dat wel fatsoenlijk? Wat zal ze wel van me denken? Misschien ben ik wel een seksmaniak? En wat is het gevolg van al dat piekeren? Je probeert het niet eens.'
'Ik heb het geprobeerd', antwoordde ik zacht.
'Echt? En?'
'Ze gaf me een klap in mijn gezicht.'
'Dat wil niks zeggen. Ging ze ervandoor?'
'Even, een eindje verder wachtte ze me op. Ik heb me verontschuldigd. Toen gaf ze me een foto uit een tijdschrift. Ik dacht eerst dat ze me een foto van zichzelf zou geven. Dat had ik al een tijd geleden gevraagd. Maar nee, het was gewoon een uitgeknipt plaatje van een halfnaakte meid en achterop de woorden: Viola 3. www.modelxx.uk. Kijk!'
Ik duwde hem de foto onder de neus. Witte hield hem een beetje schuin en lichtte bij met een aansteker. Toen floot hij tussen zijn tanden. Zijn gezicht verkrampte, alsof hij een stukje van zijn tong had gebeten.
'Waarom geeft zij je zo'n foto?' vroeg hij verbaasd. 'Het lijkt

me niks voor haar. Eerst kan ze het niet hebben dat je onder haar bloesje frunnikt en dan stopt ze je een naaktfoto in handen.'

'Ik vraag het me ook af, Witte.'

'Ze wil je iets duidelijk maken, kerel. Snap je dat dan niet?'

'Wat probeer ik je al de hele tijd te vertellen, denk je? Ik moet die website zien. Thuis en in de bieb lukt het niet. Als jij...'

'Geen probleem. Wanneer kom je? Zondagmiddag? Dan ben ik alleen thuis.'

'Moet je niet voetballen?'

'De reserven spelen 's zaterdags. Als die trainer me niet goed genoeg vindt voor de eerste ploeg, vind ik mezelf te goed om te gaan kijken.'

'Goed dan. Tot zondag.'

'Breng die foto mee.'

'Oké.'

We stonden al voor het huis van Witte. Hij duwde het tuinhekje open en stak zijn duim in de lucht.

'Zeg, Witte, je houdt je mond toch wel, hè?'

'Wat dacht je, pingelaar?' lachte hij.

Het duurde hooguit twee minuten voor Witte erin slaagde www.modelxx.uk te vinden en te openen. Op het eerste gezicht leek het trouwens helemaal niet op een ordinaire pornosite. Op gewone, voor iedereen toegankelijke camsites was er soms heel wat meer te zien. Het verbaasde me dan ook dat ze die website in de bieb en thuis hadden weggefilterd.

Nadat Witte had ingelogd, zonder blikken of blozen had

bevestigd dat hij 18+ was en een aantal betaalminuten had gekocht, verscheen er onmiddellijk daarna een glimlachend meisje op het scherm: *Viola 3*.
Ze was een mooie meid: slank en toch niet mager, ronde stevige borsten, een egaal gezicht en onschuldige ogen. In een belachelijk Romeins gewaad fietste ze haar vriendinnen, op hun beurt gekleed in preutse uniformen, achterna. Haar veel te wijde armsgaten gaven een moeiteloze inkijk.
Viola geneerde zich niet. Op geen enkel moment probeerde ze wat dan ook te verbergen. Meer nog, bij de eerste de beste rivier ging de hele troep uit de kleren en dook in het water. De camera registreerde haarfijn de lijnen van de naakte lijven die elkaar op een bespottelijke manier natspatten.
Terwijl ik me afvroeg wat Elien met zo'n snertfilm duidelijk wilde maken, zat Witte zich naast mij op te geilen. Dat irriteerde mij nog het meest. Hij zuchtte en kreunde en porde me voortdurend tussen de ribben.
'Mooie film', steunde hij. 'Kijk daar eens, Koen. Daar, die met die donkere tepels en dat kroezelige poesje. Met die zou ik wel eens willen rollebollen. Jij niet?'
'Nee', antwoordde ik stug.
'Zeg, pingelaar, word jij pastoor of zo?' Hij lachte en liet zich verder betoveren door Viola.
Het meisje poseerde in steeds gênantere houdingen voor de lens van een gelegenheidsfotograaf. Uiteindelijk belandde ze poedelnaakt in zijn armen. Zijn handen snuffelden grijpgraag over haar lijf.
Plotseling viel het beeld weg.

'Verdomme, is die tijd nu al opgebruikt? Zo betaal je een fortuin voor een hele film', sakkerde Witte.
Even nog lichtte het beeldscherm weer op met een mededeling: *Volgende week, topmodel Elien.*
Mijn mond viel open van verbazing.
'Godverdomme', vloekte ik.
Witte schakelde zwijgend zijn pc uit.

Ik reed dwangmatig straat in straat uit. Geen overleg, geen einde, geen doel. Ik trapte alsof ik mijn fiets de schuld wilde geven van mijn onmacht. Ik moest vooruit. Niet omkijken, niet denken. Verstand op nul, gevoel op uit.
Ik zoomde in op beelden die me als in een clip weer ontglipten: de markt, het kerkhof, de snackbar, de kerk, een groene loden jas. Het gejuich van de supporters op het voetbalveld waaide als een windvlaag door mijn hoofd. Ik probeerde de klomp in mijn maag weg te werken terwijl de groene ogen van Elien als verlepte bloemen dansten op het ritme van mijn malende benen. Ik begreep haar niet. Waarom bleef ik haar achterna lopen? Ik kon beter een andere kant opgaan, naar de overkant van de zee. Boudewijn de Groot zong in mijn hoofd. *Een zwemmer zwemt, hij zwemt in zee... Hij zwemt weg van het strand. Maar neemt bepaalde beelden met zich mee van wat hij achterliet op het land.*
Ik was een zwemmende fietser. Ik fietste langzamer...
Want in de war van een herinnering kijkt hij eens om en zwemt wat zachter. Verdriet is een vertragend ding...
Ik stond stil en besefte: Elien was alleen een vage belofte.

Zonder te registreren wat ik zag, bekeek ik de lokkende affiches. De dubbele glazen deur zoog me op. In het spoor van een oudere heer die galant zijn dame bij de arm nam, liep ik het cultureel centrum in. De filmzaal leek me een perfecte schuilplaats. Mijn ogen zochten het programma van de middagvertoning.
Ik snoof de geur op van goedkoop parfum en zeep. Over de schouders van het bejaarde paar keek ik naar foto's aan de wand.
'Nu gaan ze toch te ver', zei de vrouw. Om haar woorden kracht bij te zetten, trok ze haar mond in een minachtende plooi.
'Dat is kunst, Gerda' grijnsde de man.
'Kunst? Michelangelo, dat is kunst. En de Venus van Milo.'
'Moderne kunst', verbeterde de man zichzelf. 'We leven in een zapcultuur. Een stukje hier, een veegje daar, maak er maar wat van.'
'Ja, ja, zappen, daar ben jij sterk in. Wat heb je daar nu aan: hier een bil, daar een borst, een hand, een oog, een vagina. Waarom nemen ze geen normale foto's?'
'Je moet die stukjes in elkaar puzzelen.'
'Dat kan ik thuis ook.'
'Zonder foto's?'
De dame keerde zich nukkig om en keek me vragend aan. Ze zocht hulp bij mij.
'Wat vind jij hiervan?' vroeg ze.
Ik denk dat ik haar beteuterd heb aangekeken. In elk geval kreeg ze geen antwoord. Mijn oog werd getroffen door een

hand. Hij lag op een smalle dij en kneep deukjes in het vlees, zodat tussen de gespreide vingers bergjes wit vlees bloedeloos uitstulpten.
'Een pukkel! Bekijk die pukkel!' riep ik belachelijk.
De heer schaterde, de vrouw keek me aan met kikkerogen.
'De catalogus', kraste ik. 'Ik wil een catalogus kopen.'
'Hier, neem de mijne maar. Kom André, we zijn hier weg. Als dat kunst is, dan ben ik Marilyn Monroe.'
Nog voor het paar rende ik naar buiten. Tien minuten later gooide ik mijn fiets in het berghok, vond de sleutel op de afgesproken plaats en rende naar mijn kamer. Trillend als een espenblad doorsnuffelden mijn vingers de catalogus. *Fotowedstrijd 'Vrouwelijk naakt' - Eerste prijs Alex Goetschouwers.*

eLf

Ik bekijk het landschap als de aftiteling van een film. De beelden rollen traag en eentonig over het scherm. Slechts heel af en toe bereiken ze de poort van mijn bewustzijn. Ik ontwaar een kerktoren en een plaatsnaambord die gedurende een flits op mijn netvlies plakken. Daarna verdwaal ik weer in de eenzaamheid van bijna oneindige akkers.
De motor van de bus gromt rustig, spot met een fietser die met kromgebogen rug vecht tegen de opstekende wind. Hij kijkt niet op als de bus hem hooghartig voorbijraast.
Er zijn nauwelijks passagiers: een jonge moeder met haar zoontje, een oudere man en ik. Het jongetje tekent een poes op de ruit en schrijft 'miauw' in een tekstballon. Daarna veegt hij zijn tekening weer uit. De chauffeur rookt een sigaret onder het bordje 'niet roken'. Ik voel me hulpeloos, net als op die avond toen papa ons betrapte op mijn kamer.

Koen arriveerde rond kwart over zeven. Krisje liet hem binnen.
'Het is je liefje, Elien!' keelde ze.
Mama zat te suffen op de bank. Even keek ze verwonderd op maar dommelde bijna onmiddellijk weer weg in haar droomwereld. Haar 'perfecte' medicatie hielp telkens maar even. In het ziekenhuis deed ze zich altijd beter voor dan ze in werkelijkheid was. Zo overtuigde ze de dokters er keer op keer van haar te ontslaan. Het was niet de eerste keer. Eenmaal thuis viel die motivatie dan weer weg. Ze had haar doel bereikt en ze verdronk opnieuw in haar gedachten en merkte niet eens op wat er zich onder haar neus afspeelde.
'Koen is mijn liefje niet', zei ik fel. 'En als je niet ophoudt met die domme opmerkingen, help ik je nooit meer met je huiswerk.'
Krisje keek sip, maar ik liet me niet verleiden.
'Ben je dan niet blij dat hij er is?' mompelde ze.
'Weet je waarmee jij me blij kunt maken? Zet de vaat in de kast.'
'Ik?'
'Ja, jij! Ik ga met Koen naar mijn kamer. We hebben veel huiswerk.'
Krisje bekeek Koen met pretlichtjes in haar ogen.
'Wat zeg ik tegen papa als hij thuiskomt?' vroeg ze treiterig.
'Dan zijn we allang terug. Kom, Koen.'
Ik pakte Koen bij de hand en trok hem mee naar boven.
'Is dit wel verstandig, Elien?' aarzelde hij.
Ik lachte zijn bezwaren weg.

'Krisje laat ons geen minuut met rust en het duurt nog minstens een uur voor pa er is.'
We liepen langs de *werkkamer*.
'Verboden terrein', lachte ik.
'Echt?'
'Wat bedoel je?' vroeg ik snel.
Koen schrok van mijn felle reactie.
'Ik bedoel... heu... ben je daar nog nooit binnen geweest?' stamelde hij.
'Nooit alleen.'
'Wel met je vader?'
'Natuurlijk', zei ik zo spontaan mogelijk. 'Soms fotografeert hij mij.'
'Hij heeft de eerste prijs gewonnen.'
'Hoe weet jij dat?'
'Ik heb zijn foto's gezien in het cultureel centrum. Rare foto's, als je het mij vraagt.'
Het klonk half bevestigend, half vragend. Ik voelde zijn uitgestoken hand, zijn uitnodiging om alles op te biechten. Ik ging er niet op in. Kon ik de korte tijd die we samen waren volstouwen met zwarte verhalen?
Ik porde hem speels tussen de ribben en duwde hem mijn kamer in.
'Let maar niet op de rommel', verontschuldigde ik me. 'Krisje maakt er altijd een janboel van.'
'Slapen jullie samen?'
'Krisje heeft een eigen kamertje, maar haar deur staat altijd open. Weet je, ze is net een kip. Ze scharrelt voortdurend

rond, gooit haar spullen overhoop en aan opruimen heeft ze een broertje dood.'
Koen ging lachend op een stoel zitten aan mijn bureautje, zelf nam ik plaats op de rand van het bed. Het werd stil. Zo gemakkelijk het was geweest om hem mee naar mijn kamer te loodsen, zo moeilijk werd het nu om het gesprek op gang te houden. Koen liep met vragen rond die ik in zijn hoofd had gezaaid. Ik wilde dat hij ze stelde, ook al wist ik dat hij geen antwoord zou krijgen. Voorlopig was het voor mij voldoende dat hij besefte dat er iets aan de hand was. Ik verwachtte van hem geen oplossing voor problemen waarmee ik zelf nog niet in het reine was. Ik schaamde me.
'Ik had je vorige week al verwacht', zei ik.
Koen draaide ongemakkelijk op zijn stoel en om zichzelf een houding te geven grinnikte hij schaapachtig.
'Ik durfde niet', stamelde hij.
'Om papa?'
'Nee, om *Viola*.'

De bus komt knarsend tot stilstand. De luchtdruk piept uit de leidingen en de achterste deur flapt open. Ik ontwaak uit mijn droom.
De chauffeur draait zich moeizaam om. Zijn buik zit geprangd tegen het brede stuur.
'Nieuwvliet, jongedame', zegt hij.
'Ik moet naar camping 'Boshoeve'. Weet u welke kant ik uit moet?'

'Geen idee. Volg de wegwijzers, de campings zijn hier goed aangegeven.'
'Dank u.'
Ik spring de bus uit en zwaai mijn hand als een waaier voor mijn neus om de blauwe uitlaatgassen van de vertrekkende bus kwijt te raken. Aan de overkant van de straat herinneren een hoop stenen aan wat eens een molen was. Zo'n tien meter verderop, in de witgeschilderde houten klokkentoren, hangt één klok.
Ik heb de tijd. Zoals het hele dorp trouwens. Er beweegt nauwelijks iets. De straten zijn verlaten, de kleine huizen waarvan de ramen naar buiten kantelen, stralen rust uit. Ik besluit om niet voor het donker naar de camping te gaan. Vervelende vragen kan ik missen.

'Nee, om *Viola*', zei Koen.
Ik zweeg. Hij speelde met de kleppen van de map in zijn handen. De titel op de omslag 'Het Fort, litteken en waarschuwing' liet geen twijfel over de inhoud.
'Papa is benieuwd naar je werk', moedigde ik hem aan.
Hij antwoordde niet.
Een wrang gevoel nestelde zich rond mijn maag. Zou ik hem dan toch kwijtraken?
Koen stond aarzelend op en kwam naast mij op het bed zitten. Ik voelde de warmte van zijn huid door zijn kleren. Er flitsten vonkjes door mijn buik.
De herinnering aan Viola lag bitter op mijn tong. Later vertel ik het hem, dacht ik. Alles.

'Papa liet me die website zien.'
'Alex?'
Ik knikte zwijgend. Koen bleef me ongelovig aankijken. Ik voelde de vragen rondtollen in zijn hoofd. Hoort een vader zoiets aan zijn dochter te tonen? Waarom deed hij dat? Zou Elien nog andere pornosites hebben bezocht? Samen met haar vader? Alleen?
Uiteindelijk vond ik mezelf aanstellerig. Ik projecteerde mijn eigen vragen in zijn hoofd.
'Vond je haar mooi?' vroeg ik.
'Wie?'
'Viola, natuurlijk.'
'Mooi? Niet aan gedacht.'
'En jij?'
'Ik moest aan jou denken.'
'Ik vind haar kwetsbaar', zei ik na enige aarzeling.
'Jij bent ook broos, denk ik. Maar ik zie nou nog niet zo snel met een vreemde in bed kruipen.'
Je moest eens weten, Koen. Een vader is nog erger.
'Wat heb je? Je kijkt zo raar?' vroeg hij medelevend.
'Het gaat wel.'
'Heb ik iets verkeerds gezegd?'
'Helemaal niet. Die fotograaf dwong haar.'
'Die indruk had ik niet.'
'Ze misbruikten haar argeloosheid.'
'Het lijkt wel of jij een andere film gezien hebt dan ik.' Ineens begreep ik dat Koen op een andere golflengte zat. Hij kon niet begrijpen wat ik bedoelde, omdat het gewoon

niet bij hem opkwam. Hij wist niets van vaders die hun dochter misbruikten. Het was niet eerlijk dat ik dit spel met hem speelde. Hij had recht op de waarheid.
'Ik moet je iets bekennen, Koen. Maar eerst moet je me beloven dat je niet kwaad op me wordt.'
'Ik...'
Ik legde mijn hand op zijn lippen. Er vloeide een lome warmte door mijn lichaam. Mijn vingers trilden. Eindelijk zou ik iemand in vertrouwen kunnen nemen.
'Beloof je het?' stamelde ik.
Koen keek me diep in de ogen.
'Ik zal nooit kwaad op je zijn', zei hij hees.
Hij legde zijn arm om mijn schouders en drukte me zachtjes achterover in de kussens. Diep in mij woedde nog altijd de oorlog tussen afschuw en verlangen. Ik hield van de hand van Koen die als een streling onder mijn bloes gleed en tegelijk verachtte ik hem. Mijn lichaam genoot terwijl mijn hoofd opbolde als een egel.
Op dat moment vloog de deur van de kamer open. Papa zei niets, maar zijn ogen gloeiden.

Hij stond zwijgend in de deuropening. Krisje loerde mee achter zijn rug.
Koen ging overeind zitten. Hij bloosde als een tomaat en streek zijn haar glad. Zijn vingers trilden. Er hing dreiging in de lucht, seconden duurden uren.
'Nou', zei papa eindelijk. 'Werkstuk voorbereiden, zeker?'
Koen stond op en scharrelde zijn spullen bij elkaar. Hij wilde

weggaan, maar papa versperde hem de weg.
'Heb je niets voor mij?' vroeg hij beheerst, bijna vriendelijk.
'Ja... heu... hier', stotterde Koen.
Papa lachte treiterig.
'Mooi werkje', spotte hij. 'Ik zal het wel eens inkijken. Nu heb ik geen tijd.'
Koen droop af als een geslagen hond.
'Loop even mee, Krisje. Zorg dat de voordeur goed dicht is', zei papa.
Zijn stem had opnieuw de normale toon.
We bleven alleen achter. Ik nog steeds op mijn bed, hij aan het voeteneind.
'Mooie meid ben jij', kraste hij. 'Je bedriegt me in mijn eigen huis.'
'Bedriegen? Ik ben je bezit niet!' schreeuwde ik.
Hij twijfelde en één tel dacht ik dat hij me wilde slaan. Maar hij beheerste zich, draaide zich om als een stijve militair en liep weg. Beneden hoorde ik hem foeteren tegen mama. Een tijdje later ging de voordeur open en weer dicht en hoorde ik zijn auto starten.
Met zware benen liep ik de trap af. De confrontatie met mama schrikte me niet af. Zij gaf toch nergens om, dacht ik. Maar dat liep anders.

'Dat had ik van jou niet verwacht', zei mama verwijtend. 'Heeft hij je gedwongen?'
Gelukkig stond ik sprakeloos. Als mijn tong niet als een verlamde pad in mijn mond had gelegen, had ik mama de

huid volgescholden. Mijn ene helft zou dingen hebben gezegd waarvan ik later spijt zou krijgen. Dat ze een blinde trut was; dat ze papa zomaar geloofde zonder ook maar één keer te checken wat hij zei; dat ze me een slet vond omdat Koen een vinger naar me uitstak terwijl zij me zelf overleverde aan de perverse spelletjes van haar man; dat voor haar alleen pillen belangrijk waren; dat het geen wonder was dat papa ergens anders bevrediging zocht, omdat zij er voortdurend als een uitgedroogde serreplant bij zat.
Ik beet op mijn lip omdat mijn andere helft medelijden met haar voelde. Ze was ziek. Alhoewel, haar ziekte was in dit geval geen geldig alibi.
'Die jongen hoeft hier niet meer te komen', zei ze mat. Daarna zakte haar kin op haar borst. Ze speelde met haar vingers zoals een oude non met een rozenkrans.
De woede vloeide uit mijn lijf.
Krisje voelde de situatie perfect aan. Ze had stilletjes gewacht tot de bui overdreef en nu greep ze haar kans.
'Heeft Koen je pijn gedaan?' vroeg ze
'Koen doet me geen pijn. Hij houdt van mij. Papa doet me pijn.'
'Mama zegt...'
'Mama weet niet wat ze zegt.'
'Zoals die gek in het ziekenhuis?'
'Ja, zoiets, ja.'
'Waar is papa?'
Ik wist het niet.

De buschauffeur had gelijk. De 'Boshoeve' ligt hooguit een kwartiertje lopen van de hoofdweg. Over een afstand van pakweg één kilometer wijzen vier rode wegwijzers op een witte achtergrond in dezelfde richting. Overdreven en misschien ook weer niet. De campings zijn hier dikker gezaaid dan het haar op een hond.
Ik ontmoet nauwelijks mensen. In de verte lijken de boeren op hun zware tractoren weg te zinken in de aarde. Plotseling verlang ik ernaar boer te zijn.

Krisje sliep als een roos. Ik zat rechtop in bed en probeerde te lezen. Het was onbegonnen werk. De film van de voorbije uren vertroebelde mijn ogen.
Ik hoorde mama de trap op stommelen. Daarna werd het weer stil. Waarom vertelde papa haar die leugens? Waarom liet hij haar geloven dat ik met Koen lag te vrijen in mijn bed? Hij wist toch beter, we waren niet eens uitgekleed. In zijn *werkkamer* gebeurden andere dingen. Viola was maar een begin. *Waarom niet? Je deed het de eerste keer wel!* Ik kon niet meer terug. Hij dreigde alles aan mama te vertellen. *Ze besterft het, met zo'n dochter!* Ik was machteloos, gevangen. Ik werd een ding, zijn ding. *Je bedriegt me in mijn eigen huis!* Hij was jaloers. Hij wilde me voor zich alleen. Ik was zijn speelpop.
Opnieuw probeerde ik te slapen. Het lukte maar half, elke auto die onze straat in reed, maakte me wakker. Waar was papa naartoe? Waar bleef hij?

Het was al tien voor drie toen ik hem hoorde aankomen. Het kloppende geluid van zijn diesel kende ik als geen ander. De voordeur kraakte. Ik hoorde stoelen verschuiven, lichten knipten aan en weer uit, hij praatte tegen zichzelf. Stampend, zijn schoenen nog aan, dreunde hij de trap op. In de kamer bij mama begon hij te zingen: *Strangers in the night. We feel together, lonely every side. In love forever....*
Geen twijfel mogelijk, hij was dronken.
'Alex, ik wil slapen', protesteerde mama.
'En ik wil zingen.'
'Ga dan naar je *werkkamer*. Daar kun je zingen zoveel je maar wilt.'
'As you like, lady. Goodnight.'
Papa liet de *werkkamer* links liggen. Ik hoorde hem zwaar ademen voor mijn deur. Mijn hart verschrompelde. Ik moest iets bedenken. Opstaan? Wegrennen? Ik voelde weer zijn klamme huid. Ik wilde weg maar bleef verstijfd liggen. Mijn spieren weigerden dienst.
De deur ging open. Papa struikelde over Lotje, mijn oude voddenpop.
'Snertbeest', mopperde hij. Lotje kreeg zo'n trap, dat ze met een boog in de verste hoek van de kamer belandde.
Met een diepe zucht liet papa zich naast mij op het bed vallen. Zijn warme drankadem streelde mijn nek. Ik huiverde. Mijn maag kromp samen als een slak met zout op de rug. Stil, dacht ik. Doe alsof je slaapt. Elke vezel van mijn lichaam stond strak als een snaar. Mama roepen? Ik bleef stom als een steen.

'Ha... mijn lieve meid. Papa zal lief voor je zijn. Die jonge mannen weten niet hoe ze meisjes als jij moeten aanpakken.'
Mijn hart sprong bijna uit mijn borst. Zwijgen, hamerde het in mijn slapen. Niet verroeren. Ik kon het trillen in mijn benen niet stoppen. Papa moest het voelen. Of was hij te dronken? Volhouden! Er is nog niets gebeurd. Misschien viel hij in slaap.
Domme gans! Zijn koude hand gleed als een slang onder het laken, zocht mijn rug, mijn buik, mijn borst. Mijn tepels stulpten uit.
'Zie je wel', knarste papa. 'Zie je wel, je houdt ervan. Zoals je vader. Zal ik je eens iets laten voelen?'
Papa nam mijn hand en stopte hem tussen zijn dijen. Zijn penis bonsde.
Ik was verlamd, zat gevangen in een glazen bol die razendsnel om zijn as tolde. Een warme nattigheid vloeide over mijn hand. Ik kotste.
'Verdomme, dat is nu al de tweede keer', vloekte papa.
Ik wilde hem uitschelden, in zijn gezicht spuwen, zijn ogen uitkrabben. Maar mijn armen waren weerloos, mijn keel zat potdicht.
Hij wreef zich droog met een laken.
En toen kreeg ik vleugels. Ik graaide mijn kleren van de stoel, stormde de trap af, kleedde me tijdens het naar buiten lopen aan en rende de straat op. De goudverlichte kerkklok sloeg vijf keer.
Het was mistig. Ik schuilde in portalen, onder luifels en achter lekkende bomen. Hier en daar reed een eenzame

auto. Ik had het koud. Mijn jas hing thuis aan de kapstok. Mijn rechterkous was ik kwijt. Ik dacht maar aan één ding: verdwijnen, oplossen in de nevel.
Naast mij stopte een auto. Er stapte iemand uit. Mama!
'Elien, wat doe je hier? Ben je gek?'
Ze heeft het ontdekt, dreunde het in mijn hoofd. Ze weet het dat papa met zijn vieze poten aan mijn lijf zit. *Jij bent mijn lieve meisje.*
Mama legde een arm om mijn schouder. Ik weerde haar af.
'En je hebt niet eens je jas aan', zei ze. 'Met dit weer! Straks kun je naar de dokter. Kom vlug, papa is zo ongerust.'
Er prikten tranen in mijn ogen. Papa zat grijnzend achter het stuur.

De wind blaast in mijn rug. Ik trek mijn jas wat strakker om me heen en steek mijn handen diep in de zakken. Het sleutelbosje rinkelt als muziek tussen mijn vingers. Zou Koen al ontdekt hebben dat het weg is? Pff... 't Is hun eigen schuld. Hadden ze die sleutels maar beter moeten opbergen. Ze hingen grijpklaar aan een haakje in hun keuken. Zo'n kans kon ik niet laten liggen. Ik voel me merkwaardig opgelucht.

Die avond moest ik wel terug naar huis. Zonder kleren, zonder geld zou het me nooit lukken. Toch wist ik toen al dat mijn dag zou komen. Het kwam er alleen op aan het juiste moment af te wachten. Die sleutels gaven me een zetje. Nu weet ik tenminste waar ik naartoe kan. Voor het eerst ervaar ik de trots waar ik al de hele dag op wacht. Het is me gelukt. Ik ben weg! Deze keer halen ze me heus niet terug. Nog even, het is bijna donker.

Ik sta in een telefooncel, de hoorn in de hand, met een bijna perfecte inkijk op het erf van de 'Boshoeve'. Het oogt er rustig, bijna verlaten. Het receptiegebouw staat een beetje links van de ingang en wordt omgeven door vijf metersdikke kastanjebomen. Een slordig bordje wijst de richting van de douches, wasserette en speelplaats. De slagboom die de ingang naar de eigenlijke staanplaatsen afsluit, is alleen voor auto's een belemmering.
Zal ik Koen bellen? Ik verwerp de gedachte bijna vlugger dan dat hij bij me opkomt. Het is te vroeg, over enkele dagen misschien.
Een man in een geel jack en met een zuidwester op zijn hoofd, laat zijn hond uit. De jonge herder hapt uitgelaten naar de mouw van zijn baasje.
Nog één keer checken. Oké, de kust is veilig, ik waag het erop.
Ik duw de klapdeurtjes van de telefooncel open en onmiddellijk krijgt de wind me weer te pakken. Mijn jas slaat zijn vleugels uit. Honderd meter verder draait een grote vrachtwagen hees toeterend de straat in. Een verkouden truck, denk ik. Ik word gevat in de lichtbundels, die van links naar rechts over de weg zwiepen. Het licht omstrengelt me, het zuigt me op. *De oplossing,* flitst het door mijn hoofd. Ik dans als een konijn in de lichtbak van een stroper. Uitgelaten,

zich niet bewust van dreigend gevaar. De vrachtwagen toetert als een misthoorn. Het geluid trekt me aan als een magneet. Ik ren naar het licht, naar de zon en gooi triomfantelijk mijn armen in de lucht. Knarsende remmen brengen me weer tot de werkelijkheid. Zij horen niet thuis in mijn scenario.
Het verkrampte gezicht van de chauffeur doet me schrikken. Naast hem zit een oude man. Hij schatert. Zijn tanden blinken als de zon in het water. Zijn hoed danst op zijn hoofd.
Hij weer, denk ik.
Dan volgt de klap.
Zonsverduistering.
Stilte.

twaalf

De man was jonger dan ik dacht. Hij zat achter een sobere tafel met links een stapel boeken en rechts een beeldscherm. Hij droeg een bril, die ik de eerste keer niet had opgemerkt. De nonchalante slobbertrui boven zijn spijkerbroek maakte hem nog jeugdiger.

Ik vond zijn naamkaartje in de zak van mijn jas: Gerard Baldewijns, psycholoog. Net voor ik het prulletje bijna achteloos in de papiermand wilde gooien, rinkelde er een belletje in mijn hoofd. Een psycholoog! Een man die onzichtbare hersenkronkels probeert bloot te leggen en die verbanden vindt tussen dingen die op het eerste gezicht niet veel met elkaar gemeen hebben. Misschien was hij de persoon die ik nodig had.

Meneer Baldewijns kende me niet, wist niet eens mijn naam en was waarschijnlijk allang vergeten dat ik me op die woensdagmiddag haast te pletter had gereden tegen zijn auto. Toen, in zijn onberispelijke pak en met zijn beheerste

gebaren, schatte ik hem wel vijftig. Nu hooguit dertig.
Het kantoortje lag in een onopvallende straat met éénrichtingsverkeer. Niets liet vermoeden dat er achter de witgeschilderde voordeur iets anders schuilging dan een doodgewone burgerwoning. Geen koperen plaat aan de gevel, geen bordje voor het raam. Alleen de bel zondigde tegen de regel van discretie. In de plaats van een doordeweekse drukknop bengelde naast de deurstijl een ijzeren draad, gevat in koperen beugels, die onderaan uitmondde in een peervormig handvat. Helemaal bovenaan stond de roestige draad in verbinding met een soort hefboom, die aan de binnenkant een forse klepel liet vermoeden.
Vanaf het station tot aan het huis was het hooguit tien minuten lopen en toch ademden de wuivende bomen en de slapende auto's een andere wereld uit. Hier geen drukdoende mensen, geen hossend verkeer, geen schreeuwerige neonverlichting. Ondanks de rust voelde ik me niet erg op mijn gemak. De invallende duisternis tekende niet alleen schaduwen op de gevels maar ook in mijn hoofd.
Zodra de man de deur opende, wist ik dat ik me onnodig zorgen had gemaakt. Hij straalde een rust uit, die aanstekelijk werkte.
'Kom binnen, Koen. Toen je me belde, moest ik wel even nadenken. Daarna wist ik het natuurlijk wel.'
Hij liep me voor naar zijn speekkamer. Achteraan in de gang stak een klein meisje haar neus door de deuropening.
'Papa, Flappe is weggelopen.'

'Die komt wel terug, Sara', stelde meneer Baldewijns zijn dochtertje gerust.
'Hij is heel hard weggelopen.'
'Weet je wat je doet? Zet de keukendeur op een kier. Dan kan hij naar binnen als hij terugkomt. Ik moet eerst met deze meneer spreken. Als Flappe er dan nog niet is, gaan we hem samen zoeken.'
Met een dikke pruillip trok Sara de deur weer dicht.
'Sara en haar hondje, dat is me wat', lachte de psycholoog. 'Ik hoop maar dat hij vlug terugkomt. Anders krijg ik mijn dochtertje straks niet in bed. Het is niet de eerste keer dat hij een nachtje wegblijft.'
Hij wees me een stoel aan en nam plaats achter zijn bureau.
'Laat eens horen, Koen. Ik ben benieuwd. Je deed nogal geheimzinnig aan de telefoon.'
'Mijn ouders luisterden mee. Ik heb liever niet dat ze het al weten.'
'Toch iets met je arm?'
'Nee, nee, die is in orde. Het heeft te maken met Elien.'
De man fronste de wenkbrauwen.
'Elien is mijn vriendinnetje. Er is iets niet pluis bij haar thuis. Ik denk dat haar vader...'

Het werd een lang verhaal. Af en toe maakte meneer Baldewijns korte notities, zonder naar zijn blad te kijken. Zijn ogen lieten me geen seconde los. Zo spande hij een onzichtbare draad tussen ons. Hij liet me zich niet ontglippen. En toch kreeg ik geen moment de indruk dat ik gevangen zat.

Integendeel, hoe verder mijn verhaal vorderde, hoe opgeluchter ik me voelde. De opgehoopte spanning van de voorbije weken loste zich op in woorden. De vragen in mijn hoofd kregen een gezicht.
Toen ik uiteindelijk ophield met praten, gleden zijn ogen voor het eerst van mij naar zijn notities. Hij trommelde met zijn pen op het blad.
'Een heel verhaal', zei hij zacht. 'Ik kan me best voorstellen dat je je zorgen maakt over je vriendin.'
Hij gelooft me, hamerde het in mijn hoofd. Hij neemt me ernstig. Meteen besefte ik dat mijn onrust van daarstraks niets te maken had met meneer Baldewijns zelf, maar met de vraag of ik me niet belachelijk zou maken.
'Luister Koen, ik heb niet de gewoonte om rond de brij te draaien. Ik begrijp dat je met zo'n verhaal niet zo makkelijk naar buiten komt, maar je ouders had je toch kunnen inlichten. Ik denk dat zij veel meer voor Elien hadden kunnen doen dan die vriend uit je klas.'
'Mama vindt Alex Goetschouwers een toffe man. Ze ontmoet hem wel eens bij de bank. Ze zou me niet geloofd hebben.'
'Waarom denk je dat?'
'Mama zegt altijd dat je eerst naar jezelf moet kijken. En dat je anderen niet te vlug moet veroordelen.'
'Niet te vlug maar zeker ook niet te laat', mijmerde Baldewijns.
'U denkt dus ook dat Alex Elien misbruikt?'
'Ik heb geen enkel bewijs. Je moeder heeft gelijk als ze voorzichtig is in die dingen. Maar er zit een grote logica in

je verhaal. De verschillende schakels passen in elkaar. Ik vrees dat je vermoedens wel eens juist zouden kunnen zijn.'
'Elien praat altijd in raadsels. Ze heeft me nooit iets rechtuit gezegd.'
'Daar is een verklaring voor. Ze is bang en haar angst is tweeledig. Ze is bang dat haar vader toch weer gelijk krijgt als ze met haar verhaal naar buiten komt. Hij staat goed aangeschreven in het dorp. Hij is een gewaardeerd bankbediende en een talentvol fotograaf. Hij kent heel wat mensen. De meesten zouden voor hem kiezen als hij beweert dat zijn dochter te veel fantasie heeft. Dat beseft Elien zeer goed. En in de tweede plaats is ze bang voor jou.'
'Voor mij?' vroeg ik onthutst.
'Niet voor je persoon, maar voor je reactie. Ze vreest dat ze je zal verliezen als je eenmaal de hele waarheid kent. En haar grootste probleem is dat ze toch alleen jou heeft om mee te praten. Daarom doet ze het behoedzaam. Ze helpt je op weg. En als je erin slaagt om beetje bij beetje haar geheim te ontsluieren, is de kans minder groot dat je haar in de steek laat.'
'Ik laat haar nooit in de steek.'
Baldewijns glimlachte toegeeflijk.
'Dat heb je al bewezen door mij te komen opzoeken. De vraag is hoe het nu verder moet.'
Op dat ogenblik kwam Sara de spreekkamer binnenvallen. Ze zag helemaal rood en ze lachte van oor tot oor.
'Flappe is terug, papa!'
'Mooi zo, liefje. Geef hem wat te eten. Hij zal wel honger hebben.'

'Hij is gestraft.'
'Gestraft?'
'Hij mag vandaag zijn mand niet meer uit.'
'Ben je niet een beetje streng? Jij loopt toch ook graag buiten. Of niet?'
Sara boog haar hoofd en drentelde weg.
'Ik zal hem nog wat brokken geven', zei ze, voor ze de deur achter zich dichttrok.

'Ja, Koen, hoe moeten we verder? Ik stel voor dat je haar eens meebrengt. Als zij onze veronderstellingen bevestigt, kunnen we eventueel de jeugdzorg en de politie inschakelen.'
'Heu...'
'Als het moeilijk is om hiernaartoe te komen, kunnen we ook ergens anders afspreken.'
'Elien is weg, meneer.'
'Weg?'
'Ik heb haar gisteren voor het laatst gezien. Ze ging ervandoor, zei ze. Ze was erg neerslachtig.'
'Heeft ze gezegd waar ze naartoe ging ?'
'Nee, maar ik heb wel een vermoeden. Ik heb haar ooit uitgenodigd om samen met mij een dagje naar onze caravan in Nieuwvliet te gaan. Het kon toen niet, maar op een dag, nadat ze bij ons thuis op bezoek was geweest, was de sleutel van de caravan verdwenen. Ik denk dat zij hem heeft weggenomen.'
Baldewijns floot tussen zijn tanden.

'Dat compliceert de zaken', zei hij. 'Voor we weten waar ze is, kunnen we niet veel doen. Hebben haar ouders al aangifte gedaan van verdwijning?'
'Dat weet ik niet.'
'Luister, Koen, je moet eerst en vooral nagaan of Elien inderdaad weg is. Is dat het geval, dan moet je je ouders en de politie inlichten. Als je in gevallen als dit informatie achterhoudt, kunnen ze je later wel eens beschuldigen van medeplichtigheid. Je weet nooit of Elien gekke dingen zal doen.' Ik bleef een beetje wezenloos voor mij uit zitten staren. De zaken werden inderdaad ingewikkeld.
'Mag ik de politie vertellen dat ik met u over deze zaak gesproken heb?' vroeg ik.
'Natuurlijk. Maar doe het vandaag nog. Anders ben ik verplicht om morgen zelf contact op te nemen.'
'Ik zal u straks nog bellen.'
'Afgesproken. En nu ga ik eens kijken wat Sara met Flappe heeft uitgespookt', lachte Baldewijns.

Er zat hutspot in mijn hoofd. Flarden van gesprekken, soms scherpe en dan weer omfloerste beelden, een lach, een vloek flitsten aan en uit. Ze vergezelden me als een schaduw toen ik als in een waas terugliep naar het station, op de trein stapte en terug naar huis reisde.
Weer in het dorp waaide de geur van friet me in de neus. Armand stak een hand met daarin een halfgevulde frietzak omhoog om mij te groeten, maar ik deed of ik hem niet opmerkte. Ik draaide de Guido Gezellelaan in en zag

onmiddellijk de politiewagen voor ons huis. Ik stopte, ademde diep en wilde terug. Tegelijk besefte ik dat het geen zin had op de vlucht te gaan. Elien was dus weg en we moesten haar zo snel mogelijk vinden. *Je kunt nooit weten of ze gekke dingen doet.* Trouwens, ik had niets te vrezen. Het was niet mijn schuld dat ze weg was. Of toch? Had ik verzuimd haar te helpen door niemand iets te vertellen? Misschien had ik haar vlucht kunnen beletten, maar had ik haar daarmee geholpen? Hoe zei Baldewijns het ook weer? *Wegrennen is geen oplossing, hooguit een middel. Elien verplicht ons om even stil te staan, even na te denken. Het is een noodkreet.*
Ik kon niet terug, ik moest vooruit. Als ik er zelf vandoor ging, liet ik Elien pas echt in de steek.

Ik duwde de deur van de kamer open en alle ogen werden op mij gericht. Het waren wapens, revolvers die op scherp stonden. Eén verkeerde beweging en ze maakten me af . Ik was het doelwit van ma, pa, twee agenten en Alex.
Zodra ik binnenstapte vloog Alex op. Hij gooide zijn stoel achteruit en pakte me bij de kraag. Hij zag helemaal rood, zijn handen trilden.
'Waar is Elien?' schreeuwde hij. 'Jij weet er meer van. Vooruit, vertel op.'
Een van de agenten kwam tussenbeide. Hij nam Alex bij de arm en liet hem weer zitten.
'Laten we het rustig houden, meneer Goetschouwers. Zo komen we er niet uit.'

De agent richtte zich tot mij: 'Luister, Koen, Elien Goetschouwers is vorige nacht verdwenen. Wij weten dat ze jouw vriendinnetje is en er zijn getuigen die jullie gisteren nog gezien hebben in het Fort. Klopt dat?'
Mijn ogen kruisten die van mama. Haar blik dreigde niet. Er zat twijfel in. Of was het een verwijt? *Waarom heb je me niets gezegd?*
'Heb je haar gisteren nog ontmoet?' drong de agent aan.
'Ja.'
'Hoe laat was dat?'
'Vier uur. Kwart over misschien.'
'Waar ging ze naartoe?'
'Ik liet haar achter op de brug van het Fort. Ze heeft nog gezwaaid.'
'Heeft ze iets gezegd? Heb je iets verdachts opgemerkt?'
'Elien was al een hele tijd neerslachtig. Ze zei dat ze van huis weg zou gaan.'
'Zie je dat hij er meer van weet!' riep Alex.
'Rustig, meneer Goetschouwers. Heeft ze gezegd waar ze naartoe ging?'
'Nee.'
'Heb je een vermoeden?'
Ik aarzelde. Ik was wel bereid die agenten of mijn ouders in te lichten, maar niet Alex.
'Nee', loog ik.
'Heeft ze gezegd waarom ze weg wilde?'
Deze keer was het Alex die me aankeek. In zijn ogen zat vuur. Een kat, dacht ik, een kat die in het nauw gedreven

wordt. Hij schrikte me niet af. Integendeel, mijn vastberadenheid werd alleen maar groter.
'Ze hield het thuis niet meer uit.'
'Wat krijgen we nu? Het wordt steeds mooier', lachte Alex dwaas. 'Straks ga je mij er nog de schuld van geven dat ze is weggelopen. Jij hebt haar het hoofd op hol gebracht!'
Zet maar een grote bek op, dacht ik. Probeer ze maar allemaal te overdonderen. Thuis lukte je dat, maar hier niet.
'Elien houdt van mij', zei ik zacht.
'Ja, dat heb ik gemerkt. Sorry mensen, ik heb het eerst niet willen zeggen maar hij dwingt me ertoe. Ik heb Elien en deze kerel bij mij thuis betrapt. Ze lagen te vrijen in Eliens bed.'
'Je liegt!' schreeuwde ik. 'Elien vertelde me een verhaal waarvan ze heel erg overstuur was. Ik troostte haar.'
'Een sprookje zeker', spotte Alex. 'Assepoester.'
'*Viola*!' schreeuwde ik. 'Het verhaal van meisjes die door hun vader gedwongen worden om naar naaktfilms te kijken. Van meisjes die zich voor hun vader moeten uitkleden, die zich moeten laten fotograferen en laten betasten. Van meisjes die door hun vader misbruikt worden.'
Het gezicht van Alex sloeg eerst helemaal paars uit en daarna leek het of alle bloed eruit wegtrok. Hij werd lijkbleek.
'Jij smerige snotneus!' vloekte hij. 'Leugenaar.'
Opnieuw sprong hij op mij af. Ik kon zijn hand nog net ontwijken. Toen hij opnieuw wilde uithalen nam papa hem in een houdgreep.
'Meneer Goetschouwers, alsjeblieft!'
De agenten kregen genoeg van de vertoning.

'Ik dien een klacht in. Ik wil dat die beschuldigingen ingetrokken worden', brulde Alex.
'Zo komen we er niet uit', zuchtte de oudste van de twee agenten. 'Hier is blijkbaar iets meer aan de hand dan een meisje dat van huis wegloopt. We zullen jullie om beurten ondervragen. Kunt u eerst met ons meegaan, meneer Goetschouwers? Dan komen we straks terug om de verklaring van Koen op te nemen.'
'Dat ventje moet niet denken dat hij me bang maakt met zijn gore insinuaties', siste Alex. 'Belachelijk! Heeft Elien ooit een klacht ingediend? Ze is toch oud en wijs genoeg, denk ik.'

'En nu tussen ons, Koen', zei papa. Uiterlijk leek hij heel kalm maar er zat een vastberaden trekje om zijn mond dat er anders niet was. 'Wat gebeurt hier allemaal? Ik denk dat we recht hebben op een verklaring.'
Mama bleef me aanstaren met nog steeds dezelfde vertwijfeling in haar ogen. Het was een mengeling van woede en medelijden, zonder dat ze er in slaagde te beslissen aan welk gevoel ze voorrang moest geven.
'Ik had nooit verwacht dat jij ons zo zou beliegen', zei ze. Er zat ontgoocheling in haar stem.
'Ik heb niet gelogen!'
'Dan heb je toch veel verzwegen', zuchtte papa.
'Het spijt me. Ik had er al veel eerder over moeten praten.'
'Dat besef je dan toch. Is dat waar van Elien en jou?'
'Elien is mijn meisje', zei ik zacht.

'En dat bed?'
Ik kon mama geruststellen, want er was tussen Elien en mij niets gebeurd waarover ik me hoefde te schamen. Toch kon ik haar vraag niet simpelweg afwimpelen. In mijn dromen had ik al honderd keer met Elien gevrijd. Dat het nog niet in het echt gebeurd was, kon nauwelijks mijn verdienste genoemd worden. Ik ergerde me soms aan de preutsheid van Elien. Tot ik *Viola* leerde kennen. Toen ging mij een licht op. Elke streling was voor haar een bedreiging. Ik woog mijn woorden.
'Alex doet net of wij in bed lagen te vrijen. Dat is een leugen. Elien had eindelijk de moed gevonden om mij te vertellen wat er allemaal met haar gebeurde. Ze had het er moeilijk mee en ik troostte haar.'
'In haar bed?'
'Wat hebben jullie toch met dat bed? Doet het er nu iets toe of ik op een stoel of op een bed zat? En als ik met haar gevrijd zou hebben, doet dat iets ter zake? Daar gaat het hier niet over. Het gaat over Elien en Alex.'
De kleur in mama's ogen veranderde en papa ging weer zitten. Het was maanden geleden dat ik hem nog had zien roken, maar nu stak hij een sigaret op. Hij inhaleerde diep en blies de rook naar het plafond.
'Bedoel je...?'
'Elien wordt door haar vader misbruikt!' schreeuwde ik.
'Waarom heb je daar dan nooit over gesproken?'
'Ik wist gewoon niet wat ik moest denken en nog minder wat ik moest geloven. Nu nog niet trouwens.'

'Wat bedoel je?'
'Elien heeft me nooit echt gezegd wat er gebeurde. Ik weet alleen dat ze nu weg is. Ik denk dat ze naar Nieuwvliet is, naar onze caravan. Volgens mij heeft ze het sleuteltje meegenomen toen ze hier laatst op bezoek was.'
'Verdorie, dat sleuteltje', mopperde mama. 'Ik heb me er al rot naar gezocht.'
'Dan moeten we onmiddellijk de politie waarschuwen', vond papa.
'Dat heeft meneer Baldewijns ook gezegd.'
'Wie is dat?'
'Een psycholoog. Ik heb hem opgezocht. Hier heb je zijn nummer. Jullie mogen hem altijd bellen heeft hij gezegd.'
Ik gaf het visitekaartje aan papa, die het met overdreven aandacht bestudeerde. Daarna gaf hij het door aan mama.
'Waar heb je die leren kennen?'
'Toevallig. Het is een aardige man.'
Plotseling stond papa op.
'Ik bel eerst de politie', zei hij beslist. 'Ik wil niet dat men ons beschuldigt van medeplichtigheid.'
'Als je nu naar de politie belt, weet Alex het ook', probeerde ik hem te weerhouden.
'En dan? Hij is toch haar vader. Hij heeft het recht...'
'Hij mag haar nooit meer zien!'
Het klonk als een wanhoopskreet.
'Elien mag niet meer naar huis. Baldewijns zei dat we de kinderbescherming, of zoiets, moesten inschakelen.'
'Dat kunnen *wij* toch niet doen', aarzelde mama.

'Bel dan Baldewijns op. Hij zal haar wel kunnen helpen. Hij kent de weg en hij heeft het beloofd. Als Elien weer naar huis gaat, begint dat spelletje opnieuw. Alex zal haar onder druk zetten. Misschien pleegt ze wel zelfmoord.'

Er werd gebeld. Het was een akelig geluid. Ik had nog nooit stilgestaan bij de macht van zo'n simpele bel. Het dringt zomaar door tot de intiemste plekken en mengt zich ongevraagd in een gesprek. Ik sprong op van mijn stoel, liep naar de deur, aarzelde en ging weer zitten. Mama stond op.

'Laat maar, ik kijk wel even', zei papa.

Het duurde een tijdje voor hij terug was. Uit de gang klonken gedempte stemmen die even later stilvielen en werden afgelost door het geluid van voetstappen. De deur van de kamer ging open.

'De politie', zei papa.

'Alweer...' schrok mama.

'De commissaris heeft goed en slecht nieuws.'

De politieman schraapte zijn keel en ging bijna in de houding staan.

'Elien is gevonden', zei hij.

Er trok een siddering over mijn rug. Ik wipte recht en liep naar de commissaris.

'Weet Alex het al? Is hij er al naartoe?'

'Meneer Goetschouwers weet nog nergens van. Toen de agenten met hem op het bureau aankwamen, lag er een fax uit Brugge te wachten.'

'Brugge?' aarzelde ik. 'Hebben ze haar in ... Brugge gevonden?'
'Sorry Koen, Elien ligt in het ziekenhuis. Ze is in Nieuwvliet onder een vrachtwagen terechtgekomen. Ze hebben haar onmiddellijk overgebracht naar het Sint-Jans-Hospitaal in Brugge. Ze ligt op de *intensive care*.'
'Dan is het erg...' stamelde ik.
'Elien is in coma. Haar toestand is stabiel, maar de dokters kunnen nog niets zeggen.'
'We moeten ernaartoe. Vooruit, waar wachten jullie op?'
De commissaris legde vertrouwelijk zijn hand op mijn arm.
'Voorlopig mag ze geen bezoek ontvangen. Het heeft ook geen zin dat je ernaartoe gaat. Ze herkent niemand. We moeten afwachten.'
Met een plof zakte ik weer op mijn stoel. Mijn hoofd kroop vol met mieren. Ik zag Elien naar lucht happen. Haar gezicht zat helemaal onder het bloed. Alex grijnsde.
'Ik moet haar helpen.'
'Dat kun je', zei de commissaris. Hij tastte in zijn zakken. 'Ze hebben een brief voor jou gevonden in haar jas. Een koerier heeft hem daarnet gebracht. Ik zou je willen verzoeken de brief te lezen. Als het van belang is voor het onderzoek moet je hem wel teruggeven.'
Ik had mijn handen niet langer onder controle en slaagde er niet in de brief te openen. Hij danste ongrijpbaar tussen mijn vingers. Papa hielp me. Toen las ik.

Lieve Koen,

Hoeveel liever had ik je alles persoonlijk verteld. Je mag nooit denken dat ik om jou ben weggelopen. Als jij er niet was geweest, was dat al veel eerder gebeurd. Ik schrijf het niet graag, maar papa is de oorzaak. Dat weet je wel. Ik had geen keuze.
Ik heb geprobeerd, Koen, om het je uit te leggen maar dat laatste stapje kon ik nooit zetten. Behalve misschien die keer op mijn kamer. Toen was ik echt van plan om alles op te biechten, maar we kregen de tijd niet.
Ik denk dat het goed is dat alles zo gelopen is. Wie zou ons geloofd hebben? De waarheid is bijna te afschuwelijk en Alex (Ik noem hem niet langer papa) is een mooiprater.
Op mama hoeven we niet te rekenen. Zij heeft mij meer nodig dan ik haar. Weet je, haar toestand heeft me er ook lang van weerhouden om weg te lopen. En Krisje natuurlijk. Soms is ze een kleine etter maar het is best een lief kind. Zij is tenminste eerlijk.
Lieve Koen, ook deze keer zal ik je de details besparen. Kom me niet zoeken. Voorlopig zit ik veilig. Hoe het straks verder moet, weet ik nog niet. Terug naar huis is uitgesloten. Jij bent de enige die me kan helpen om een oplossing te vinden.
Als je ouders je niet geloven, ga dan naar de politie. De werkkamer van papa zit vol bewijsstukken.

Elien.

PS. Over een paar dagen bel ik je.

Een tijdlang stond ik sprakeloos met de brief als een vodje in mijn hand.
'We moeten Baldewijns bellen', zei ik.
De commissaris keek me onbegrijpend aan.
'En ik bel de onderzoeksrechter', zei hij, terwijl hij weer naar buiten liep.
Papa knikte dat het goed was.

Dertien

Een flits bliksemt me pal in de ogen en treft me als de klauw van een arend. Hij siddert door mijn hersenen en spat uiteen in mijn rug. Ik krijg het gevoel alsof er lood in mijn benen zit. In de verte roffelt de donder angstaanjagend, maar het deert me niet. Laat me slapen, denk ik. Hier is het goed, rustig.

Ik hoor fluisteren, dan roepen en schreeuwen. *Een ambulance. Bel een ambulance! Het is ernstig!*

Iemand buigt zich over mij heen. Ik zie witte tanden blinken en ruik de adem van bedorven vis. Tanden poetsen, denk ik. *Tanden poetsen met afwasmiddel om de smaak van Alex te verjagen uit mijn mond.* Waarom verjaag je dat gezicht niet? Wat is er gebeurd? Ik zie niets verdachts. Alleen blinkende tanden in een rozerode mond. De gretige lippen van een baby met heldere ogen en een dom hoedje op zijn hoofd. De baby kust me. Hij likt mijn wang met lebberende tong. *Af, Sander!*

Laat haar liggen! Niet aanraken! Nee, toch geen dekentje. Ik heb het niet koud, de zon schijnt. Iemand lacht als een hyena. Plagerig en dreigend. Honden drinken gulzig mijn bloed. Ben ik gewond? Onmogelijk! Weer die tong. De tong van Alex kruipt als een glibberige slak over mijn lijf, zuigt zich vast op mijn tepel. *Weg, vuile hond!* Mijn arm wil niet slaan. Hij ligt vastgebonden tegen het kille asfalt. Ik voel nattigheid in mijn kleren kruipen. *Leg haar toch op een deken. Met die regen heeft ze straks nog een longontsteking. Hoe lang duurt het nog voor ze hier zijn?*
Uren, denk ik. Uren zitten die vissers naar hun dobber te turen. Naast mij dansen grote snoeken met opengesperde bek als zeehonden op hun staartvinnen. Hun borstvinnen zijn handen. Ze klappen en tonen dreigend hun vlijmscherpe tanden. *Pas op voor die tandjes!*
Ik hijg. Mijn adem schuurt en piept. *Ze haalt het niet,* zegt iemand. Hoe kan het anders? Ik ben veel te moe. Mijn benen zitten in de knoop. Papa is veel te snel. Wacht maar tot ik groot ben.
Een lange, witte jas flapt als een waaier in mijn gezicht. Hij rent weg. Een spook op weg naar het Fort. Hij drijft als mist over de ophaalbrug. *En dit is de munitiekamer.* Dag Koen, ik heb je brief in snippers verscheurd en de stukjes één voor één gepost. Puzzelwerk. Jij houdt toch van puzzelen? Papa ook. *Krisje, afblijven, dat is niet om op te eten.* Mama zoekt iets onder haar stoel. Ze vindt het niet. *Is ze gek?* Papa is boos op Krisje. *Dan ga ik buiten spelen.*
Weer stemmen. Eigenlijk zijn het alleen maar geruchten.

Op de rug van de wind zeilen ze naar mij toe. Ze bedenken zich en draaien weer om. De ijle geruchten hebben een masker op: bolle wangen, dikke neus en grote ogen. Hun woorden zijn louter lucht. *Een absurd ongeval. Niets te zien en ineens rent ze de straat op. Ik kon haar niet ontwijken.* De hyena's lachen weer. Tanden poetsen!
Ai, mijn nek. Een beetje voorzichtig alsjeblieft. Nee, ga weg, ik wil het niet. Geen fotografen! Zie me hier liggen met mijn benen in een kruis. Moet je daar foto's van nemen? *Zorg dat je die vrachtwagen goed in beeld hebt. En dan nog een close-up.* Alex lacht gluiperig. Hij frunnikt aan de bloes van een meisje. Mijn bloes. Verdorie, die heeft lef. Ze had het me ten minste kunnen vragen. Nog een knoop, nog één, bedelt Alex. Dan rukt hij de bloes van haar schouders. Blijf van mijn lijf! *Knoop die jas los. Zie je niet dat ze stikt?* Stop daar nu toch mee.
Het geluid van loeiende sirenes komt dichterbij. Een vliegtuig, hoog tegen de blauwe hemel. Het knorren van de stip wakkert aan tot het gedaver van een orkaan. Het vliegtuig staat stil naast mij. Er springen mannen uit met lange jassen. Nieuwe mode?
Alex weer: Ik zal je poesje scheren. Nieuwe mode. De motoren van het vliegtuig blijven draaien. Onvermoeibaar. *Achteruit! Maak plaats!* Waar komt die ambulance vandaan? *We leggen haar in een schelp.* Schelpen rapen. Kokkels. Garnalen. Mosselen. Mosselen stinken. Papa zit op zijn hurken, zijn hand tast tussen de stenen van een golfbreker. Hij gilt. Er hangt een krab aan zijn vinger. Iemand krabt achter mijn

oor. Mijn lijf is een plank. Onbuigbaar. Ik zweef tussen mensen. Hoofden buigen zich voorover. Grote ogen. Ik zoek ogen die ik ken. Ik vind ze niet. Jullie sluiten me op. Sluit me niet op! *Ligt ze goed vastgebonden? Zuurstof? Hartslag?* Deuren klappen dicht. Het bliksemen houdt op. Donker. De *werkkamer.* Mijn angst krijgt een gezicht. Alex met reclametanden en een ridicuul hoedje op zijn hoofd. Hij is oud geworden. Zijn handen grijpen naar mij als de scharen van een krab. Hij smakt als een hond met een bot in de bek. Het schuim hangt aan zijn lippen.

Koen! Koen, waar blijf je?

Hij vreet me op. Vingers en handen worden spinnen, kevers, slakken. Laat me eruit! *Nog even liefje, papa zal goed voor je zorgen. Mama hoeft niets te weten. Dit is ons geheim. Wil je dat ze doodgaat?*

Koen, waar ben je? Steek je hand uit. Je bent niet ver, ik kan je ruiken.

Alex stinkt. Zijn lijf plakt van het zweet. Weg met die fles! Ik wil niet drinken. Gelukkig, Koen klopt al aan. *Even stoppen, Walter. Ze heeft zich losgewrikt.* Nee, Alex, ik zal niet klikken. Ik ben een karper. Ik hap brood en lucht. Ik verdrink. Koen zal me redden. De brief? Waar is mijn brief? *Rustig maar, we zijn er bijna.* Een prik in mijn arm. Alles tolt. Ik zweef door de lucht als een vlieger met een meterslange staart. Papa laat me pirouettes draaien. Tot Alex hem de touwtjes uit handen rukt. *Dag, mijn naam is Koen.* Eindelijk, hij is er. Kom Koen, hou me vast. Waar is hij nu? *Mannen zijn het niet waard om er je slaap voor over te slaan.*

Wanneer mag ik nu slapen. *Strangers in the night.* Laat me slapen, Alex. Alex blijft zingen. Zijn sperma vloeit warm en kleverig in mijn gezicht. Een vreemde hand veegt me weer schoon. *Nee, meisje, nu niet bloeden.*

De trein rijdt daverend het Fort binnen. De ophaalbrug zakt als een pudding in elkaar. *Ze hebben haar gerestaureerd. Een heel karwei!* Was dat papa? Of Alex? Er rust een hand op mijn hoofd. Op die hand een pukkel. De puist zwelt. Het is een teek, ze zuigt bloed tot ze barst. Het is Alex. Hij heeft een teek tussen zijn benen. Teken maken me bang.

Straks mag je drinken. Mijn tong is een leren lap. Ik wil cola, liters cola, tot mijn buik opzwelt, tot ik zwanger ben van cola. *Je bent toch niet zwanger. Hier, neem de pil. Je bent veel te jong voor een baby.* Een rozig babymondje met zuignappen als een teek.

Ik zal je alles vertellen, Koen. Kom bij me zitten op bed. Zal ik voor je dansen? Je bent naakt, Elien. Ik sla mijn handen tussen mijn dijen. Nieuwe mode.

Elien! Elien! Elien!

Waarom al die herrie? Ik ben er toch.

De trein naar Amsterdam vertrekt over drie minuten op spoor vier.

We stoppen. Het wordt weer licht. Ik heradem. Papa snurkt als de automotor. Lichten als sterren aan het plafond. Een groene muur, blauwe deuren. Ik zal zelf wel lopen. Laat me los. *Blijven liggen!* Handen drukken me achterover. Een masker blaast lucht in mijn longen. Hoe lang nog?

Koen moet nu toch echt wel komen.

I'll call you. Hij staat in het portaal van de winkel. *Sorry, mama was ziek. Ik wil niet naar het ziekenhuis.* Van mama en papa moet je houden. *Zin in koffie?*
Koffie en Alex doen me kotsen.
Een doek, vlug een doek. Ze geeft over. Er zit bloed bij. Inwendige bloedingen. Haar maag? Als haar hersenen maar niet geraakt zijn. Over wie hebben ze het? Die is er erg aan toe.
Een nieuwe bliksemflits. Meer bliksemflitsen. In een cirkel boven mijn hoofd. *Je tas! Je bent je tas vergeten!* Waar is mijn tas? Met de brief voor Koen.
Ze is erg onrustig, dokter. Bloeddruk? Geef haar nog wat valium. Alex duwt me een pil en een glas water in de hand. *Je zult je vlug beter voelen.* Ik slaap.
Alex zit naast mijn bed. Hij vreet pinda's, handenvol pinda's. *Denk maar niet dat het hiernaast beter is.* Koen komt niet meer. Hij werkt aan zijn werkstuk over het Fort. Mooi klusje! *Hier is de camera. Drukken! Druk dan toch.* Het ruikt hier naar friet. Ik heb het koud.
Leg er nog een deken bij. Een normale reactie na zo'n lange operatie. Alex warmt mijn nachtpon aan de radiator. *Weet je nog? Een hummeltje dat bij mij in bad kroop.*
Iemand legt een washandje op mijn voorhoofd. Dat doet goed. *Ze reageert! Is het lekker, liefje?* Moet ik nu alles twee keer zeggen. Ik ben geen dvd. Speel maar af. Afspelen, terugspoelen, afspelen, terugspoelen. Mijn beeld staat stil. Ik spoel nooit meer terug. Wegrennen. Politie! Stout meisje! Papa en mama hebben zich ongerust gemaakt.

Wat denkt u, dokter? Die stem ken ik. *Het blijft nog enkele dagen kritiek.* Een vreemde stem. Ik zit in een lange tunnel. Het is er koud. Achteraan schittert een warm, wit licht. Zo ver kom ik niet. Ik voel de warmte van het licht tot hier. Ik moet ernaartoe. Ik moet. *Ze wil altijd opstaan. Daarom moesten we haar vastbinden. Dat verandert wel.* Alex bindt mijn polsen en mijn enkels aan het bed. Ik knijp mijn ogen dicht, wil er niks mee te maken hebben.
Heb je dat gezien? Ze knippert met haar ogen! Weer die stem. Ziet hij niet dat de zon schijnt? Ik ben mijn zonnebril vergeten. Sorry, ik moet koken, Koen. Papa houdt niet van wachten. Nu is de zon weer weg. Het is nacht. De hand van Koen glijdt over mijn buik. Ik sla hem weg. De camera's van de Japanners vallen op de grond. Scherven splinteren. Mijn benen worden lichter. Koen streelt mijn tenen. Dat mag. Daar zitten geen striemen.
Gaan we zondag naar de caravan? Ik ben er al. Ik zie een trein, een bus, een telefooncel, een vrachtwagen.
Het licht floept aan.
Ik open mijn ogen.
Koen!
'Alles komt goed, Elien. Alles.'
'Ik wist dat je zou komen.'

Lees alle boeken van Roger Vanhoeck

GEEN GEHEIMEN MEER

Meteen daarna gaat de deur van de kledingkast krakend open. Ik hoor een baby huilen. Uit het gapende deurgat priemen twee fluorescerende armen naar buiten. Ze hullen de kamer in een geheimzinnig, groenachtig licht. De vingers hebben geen nagels, wel lange scherpe klauwen. In één van de dichtgeknepen vuisten spartelen twee jankende katjes. In de andere hand blikkert een vlijmscherp slagersmes.
'Niet doen! Niet doen!' huiver ik.
Een schelle lach is het enige antwoord.

Achter het raam van Het Park wuift een onbekende man naar Wout. Op onverwachte momenten duikt de man steeds weer op. Wie is hij? Waarom doet hij zo geheimzinnig? Samen met zijn vriend, Dries, probeert Wout het raadsel te ontwarren. Iedereen weet wel iets te vertellen, maar niemand geeft alles prijs. Ook de moeder van Wout spreekt niet de hele waarheid. Geeft dat oude dametje met haar klepperende tanden en haar vuurrood gestifte lippen de geheimen prijs?

IK BEN (G)EEN SLET

De ouders van Laura zijn gescheiden. Laura gaat bij haar vader wonen. Daardoor moet ze midden in het jaar van school veranderen. Alles is er anders, vreemd. Al vlug wordt Laura gepest.

ADEMNOOD

Femke is radeloos. Twee jaar geleden kreeg het meisje een ongeneeslijke nierziekte. Sindsdien wacht ze tevergeefs op een geschikte donor. Ten einde raad organiseert haar vader, tegen het advies van de artsen in, een operatie in Manilla.

VERBODEN MUZIEK

In Verboden Muziek vertelt Roger Vanhoeck het schrijnende verhaal van Serge Goldberg, die samen met zijn moeder naar Auschwitz gedeporteerd wordt.

WACHTEN OP DE LUTINE

1797. De rijke Hamburgse bankier Popert neemt zijn dochter Katharina mee naar een Londense zakenrelatie Wienholt. Diens zoon Daniel wordt verliefd op Katharina. Hij belooft haar dat hij haar snel zal komen opzoeken in Hamburg.

HET RATTENJONG

Puia tracht met enkele lotgenoten te overleven in de straten en de gore riolen van Boekarest. Diefstal, drugshandel of prostitutie, niets is hem te veel om zijn doel te bereiken.

BRIEF VAN GOUD

In 'Brief van Goud' vertelt Roger Vanhoeck een mysterieus verhaal van leugens, bedrog en tradities maar vooral van... liefde.